FINAL DEL JUEGO

CUENTOS

PRIMERA EDICIÓN
Publicada en marzo de 1964

SEGUNDA EDICIÓN
Publicada en setiembre de 1964

TERCERA EDICIÓN
Publicada en febrero de 1965

CUARTA EDICIÓN
Publicada en febrero de 1966

QUINTA EDICIÓN
Publicada en noviembre de 1966

SEXTA EDICIÓN
Publicada en enero de 1968

SÉPTIMA EDICIÓN
Publicada en agosto de 1968

JULIO CORTÁZAR

FINAL DEL JUEGO

EDITORIAL SUDAMERICANA
BUENOS AIRES

I

CONTINUIDAD DE LOS PARQUES

Había empezado a leer la novela unos días antes. La abandonó por negocios urgentes, volvió a abrirla cuando regresaba en tren a la finca; se dejaba interesar lentamente por la trama, por el dibujo de los personajes. Esa tarde, después de escribir una carta a su apoderado y discutir con el mayordomo una cuestión de aparcerías, volvió al libro en la tranquilidad del estudio que miraba hacia el parque de los robles. Arrellanado en su sillón favorito, de espaldas a la puerta que lo hubiera molestado como una irritante posibilidad de intrusiones, dejó que su mano izquierda acariciara una y otra vez el terciopelo verde y se puso a leer los últimos capítulos. Su memoria retenía sin esfuerzo los nombres y las imágenes de los protagonistas; la ilusión novelesca lo ganó casi en seguida. Gozaba del placer casi perverso de irse desgajando línea a línea de lo que lo rodeaba, y sentir a la vez que su cabeza descansaba cómodamente en el terciopelo del alto respaldo, que los cigarrillos seguían al alcance de la mano, que más allá de los ventanales danzaba el aire del atardecer bajo los robles. Palabra a palabra, absorbido por la sórdida disyuntiva de los héroes, dejándose ir hacia las imágenes que se concertaban y adquirían color y movimiento, fue testigo del último encuentro en la cabaña del monte. Primero entraba la mujer, recelosa; ahora llegaba el amante, las- timada la cara por el chicotazo de una rama. Admirable- mente restañaba ella la sangre con sus besos, pero él rechazaba las caricias, no había venido para repetir las ceremonias de una pasión secreta, protegida por un mundo de hojas secas y senderos furtivos. El puñal se entibiaba contra su pecho, y debajo latía la libertad agazapada. Un diálogo anhelante corría por las páginas como un arroyo de serpientes, y se sentía que todo estaba decidido desde siempre. Hasta esas caricias que enredaban el cuerpo del amante como queriendo retenerlo y disuadirlo, dibujaban abominablemente la figura de otro cuerpo que era nece- sario destruir. Nada había sido olvidado: coartadas, azares, posibles errores. A partir de esa hora cada instante tenía su empleo minuciosamente atribuido. El doble repaso despiadado se interrumpía apenas para que una mano aca- riciara una mejilla. Empezaba a anochecer.

Sin mirarse ya, atados rígidamente a la tarea que los esperaba, se separaron en la puerta de la cabaña. Ella debía seguir por la senda que iba al norte. Desde la senda opuesta él se volvió un instante para verla correr con el pelo suelto. Corrió a su vez, parapetándose en los árboles y los setos, hasta distinguir en la bruma malva del cre- púsculo la alameda que llevaba a la casa. Los perros no debían ladrar, y no ladraron. El mayordomo no estaría a esa hora, y no estaba. Subió los tres peldaños del porche y entró. Desde la sangre galopando en sus oídos le llega- ban las palabras de la mujer: primero una sala azul, des- pués una galería, una escalera alfombrada. En lo alto, dos puertas. Nadie en la primera habitación, nadie en la segunda. La puerta del salón, y entonces el puñal en la mano, la luz de los ventanales, el alto respaldo de un sillón de terciopelo verde, la cabeza del hombre en el sillón leyendo una novela.

NO SE CULPE A NADIE

El frío complica siempre las cosas, en verano se está tan cerca del mundo, tan piel contra piel, pero ahora a las seis y media su mujer lo espera en una tienda para elegir un regalo de casamiento, ya es tarde y se da cuenta de que hace fresco, hay que ponerse el pulóver azul, cualquier cosa que vaya bien el traje gris, el otoño es un ponerse y sacarse pulóveres, irse encerrando, alejando. Sin ganas silba un tango mientras se aparta de la ventana abierta, busca el pulóver en el armario y empieza a ponérselo delante del espejo. No es fácil, a lo mejor por culpa de la camisa que se adhiere a la lana del pulóver, pero le cuesta hacer pasar el brazo, poco a poco va avanzando la mano hasta que al fin asoma un dedo fuera del puño de lana azul, pero a la luz del atardecer el dedo tiene un aire como de arrugado y metido para adentro, con una uña negra terminada en punta. De un tirón se arranca la manga del pulóver y se mira la mano como si no fuese suya, pero ahora que está fuera del pulóver se ve que es su mano de siempre y él la deja caer al extremo del brazo flojo y se le ocurre que lo mejor será meter el otro brazo en la otra manga a ver si así resulta más sencillo. Parecería que no lo es porque apenas la lana del pulóver se ha pegado otra vez a la tela de la camisa,

la falta de costumbre de empezar por la otra manga difi-
culta todavía más la operación, y aunque se ha puesto a
silbar de nuevo para distraerse siente que la mano avanza
apenas y que sin alguna maniobra complementaria no
conseguirá hacerla llegar nunca a la salida. Mejor todo al
mismo tiempo, agachar la cabeza para calzarla a la altura
del cuello del pulóver a la vez que mete el brazo libre en
la otra manga enderezándola y tirando simultáneamente
con los dos brazos y el cuello. En la repentina penumbra
azul que lo envuelve parece absurdo seguir silbando,
empieza a sentir como un calor en la cara aunque parte
de la cabeza ya debería estar afuera, pero la frente y toda
la cara siguen cubiertas y las manos andan apenas por la
mitad de las mangas, por más que tira nada sale afuera y
ahora se le ocurre pensar que a lo mejor se ha equivocado
en esa especie de cólera irónica con que reanudó la tarea,
y que ha hecho la tontería de meter la cabeza en una de
las mangas y una mano en el cuello del pulóver. Si fuese
así su mano tendría que salir fácilmente, pero aunque tira
con todas sus fuerzas no logra hacer avanzar ninguna de
las dos manos aunque en cambio parecería que la cabeza
está a punto de abrirse paso porque la lana azul le aprieta
ahora con una fuerza casi irritante la nariz y la boca, lo
sofoca más de lo que hubiera podido imaginarse, obli-
gándolo a respirar profundamente mientras la lana se va
humedeciendo contra la boca, probablemente desteñirá y
le manchará la cara de azul. Por suerte en ese mismo
momento su mano derecha asoma al aire, al frío de afuera,
por lo menos ya hay una afuera aunque la otra siga
apresada en la manga, quizá era cierto que su mano de-

recha estaba metida en el cuello del pulóver, por eso lo
que él creía el cuello le está apretando de esa manera la
cara, sofocándolo cada vez más, y en cambio la mano
ha podido salir fácilmente. De todos modos y para estar
seguro lo único que puede hacer es seguir abriéndose paso,
respirando a fondo y dejando escapar el aire poco a poco,
aunque sea absurdo porque nada le impide respirar perfectamente salvo que el aire que traga está mezclado con
pelusas de lana del cuello o de la manga del pulóver, y
además hay el gusto del pulóver, ese gusto azul de la lana
que le debe estar manchando la cara ahora que la humedad del aliento se mezcla cada vez más con la lana, y
aunque no puede verlo porque si abre los ojos las pestañas
tropiezan dolorosamente con la lana, está seguro de que
el azul le va envolviendo la boca mojada, los agujeros de
la nariz, le gana las mejillas, y todo eso lo va llenando
de ansiedad y quisiera terminar de ponerse de una vez el
pulóver sin contar que debe ser tarde y su mujer estará
impacientándose en la puerta de la tienda. Se dice que lo
más sensato es concentrar la atención en su mano derecha,
porque esa mano por fuera del pulóver está en contacto
con el aire frío de la habitación, es como un anuncio de
que ya falta poco y además puede ayudarlo, ir subiendo
por la espalda hasta aferrar el borde inferior del pulóver
con ese movimiento clásico que ayuda a ponerse cualquier
pulóver tirando enérgicamente hacia abajo. Lo malo es
que aunque la mano palpa la espalda buscando el borde
de lana, parecería que el pulóver ha quedado completamente arrollado cerca del cuello y lo único que encuentra
la mano es la camisa cada vez más arrugada y hasta salida

en parte del pantalón, y de poco sirve traer la mano y querer tirar de la delantera del pulóver porque sobre el pecho no se siente más que la camisa, el pulóver debe haber pasado apenas por los hombros y estará ahí arrollado y tenso como si él tuviera los hombros demasiado anchos para ese pulóver, lo que en definitiva prueba que realmente se ha equivocado y ha metido una mano en el cuello y la otra en una manga, con lo cual la distancia que va del cuello a una de las mangas es exactamente la mitad de la que va de una manga a otra, y eso explica que él tenga la cabeza un poco ladeada a la izquierda, del lado donde la mano sigue prisionera en la manga, si es la manga, y que en cambio su mano derecha que ya está afuera se mueva con toda libertad en el aire aunque no consiga hacer bajar el pulóver que sigue como arrollado en lo alto de su cuerpo. Irónicamente se le ocurre que si hubiera una silla cerca podría descansar y respirar mejor hasta ponerse del todo el pulóver, pero ha perdido la orientación después de haber girado tantas veces con esa especie de gimnasia eufórica que inicia siempre la colocación de una prenda de ropa y que tiene algo de paso de baile disimulado, que nadie puede reprochar porque responde a una finalidad utilitaria y no a culpables tendencias coreográficas. En el fondo la verdadera solución sería sacarse el pulóver puesto que no ha podido ponérselo, y comprobar la entrada correcta de cada mano en las mangas y de la cabeza en el cuello, pero la mano derecha desordenadamente sigue yendo y viniendo como si ya fuera ridículo renunciar a esa altura de las cosas, y en algún momento hasta obedece y sube a la altura de la cabeza y tira hacia arriba sin que él comprenda a tiempo que el pulóver se le ha pegado en la cara con esa gomosidad húmeda del aliento mezclado con el azul de la lana, y cuando la mano tira hacia arriba es un dolor como si le desgarraran las orejas y quisieran arrancarle las pestañas. Entonces más despacio, entonces hay que utilizar la mano metida en la manga izquierda, si es la manga y no el cuello, y para eso con la mano derecha ayudar a la mano izquierda para que pueda avanzar por la manga o retroceder y zafarse, aunque es casi imposible coordinar los movimientos de las dos manos, como si la mano izquierda fuese una rata metida en una jaula y desde afuera otra rata quisiera ayudarla a escaparse, a menos que en vez de ayudarla la esté mordiendo porque de golpe le duele la mano prisionera y a la vez la otra mano se hinca con todas sus fuerzas en eso que debe ser su mano y que le duele, le duele a tal punto que renuncia a quitarse el pulóver, prefiere intentar un último esfuerzo para sacar la cabeza fuera del cuello y la rata izquierda fuera de la jaula y lo intenta luchando con todo el cuerpo, echándose hacia adelante y hacia atrás, girando en medio de la habitación, si es que está en el medio porque ahora alcanza a pensar que la ventana ha quedado abierta y que es peligroso seguir girando a ciegas, prefiere detenerse aunque su mano derecha siga yendo y viniendo sin ocuparse del pulóver, aunque su mano izquierda le duela cada vez más como si tuviera los dedos mordidos o quemados, y sin embargo esa mano le obedece, contrayendo poco a poco los dedos lacerados alcanza a aferrar a través de la manga el borde del pulóver arrollado en el hombro, tira hacia abajo casi

sin fuerza, le duele demasiado y haría falta que la mano
derecha ayudara en vez de trepar o bajar inútilmente por
las piernas, en vez de pellizcarle el muslo como lo está
haciendo, arañándolo y pellizcándolo a través de la ropa
sin que pueda impedírselo porque toda su voluntad acaba
en la mano izquierda, quizá ha caído de rodillas y se
siente como colgado de la mano izquierda que tira una
vez más del pulóver y de golpe es el frío en las cejas
y en la frente, en los ojos, absurdamente no quiere abrir
los ojos pero sabe que ha salido fuera, esa materia fría
esa delicia es el aire libre, y no quiere abrir los ojos y
espera un segundo, dos segundos, se deja vivir en un
tiempo frío y diferente, el tiempo de fuera del pulóver,
está de rodillas y es hermoso estar así hasta que poco a
poco agradecidamente entreabre los ojos libres de la baba
azul de la lana de adentro, entreabre los ojos y ve las
cinco uñas negras suspendidas apuntando a sus ojos, vi-
brando en el aire antes de saltar contra sus ojos, y tiene
el tiempo de bajar los párpados y echarse atrás cubrién-
dose con la mano izquierda que es su mano, que es todo
lo que le queda para que lo defienda desde dentro de
la manga, para que tire hacia arriba el cuello del pulóver
y la baba azul le envuelva otra vez la cara mientras se
endereza para huir a otra parte, para llegar por fin a
alguna parte sin mano y sin pulóver, donde solamente
haya un aire fragoroso que lo envuelva y lo acompañe
y lo acaricie y doce pisos.

EL RÍO

Y sí, parece que es así, que te has ido diciendo no sé qué cosa, que te ibas a tirar al Sena, algo por el estilo, una de esas frases de plena noche, mezcladas de sábana y boca pastosa, casi siempre en la oscuridad o con algo de mano o de pie rozando el cuerpo del que apenas escucha, porque hace tanto que apenas te escucho cuando dices cosas así, eso viene del otro lado de mis ojos cerrados, del sueño que otra vez me tira hacia abajo. Entonces está bien, qué me importa si te has ido, si te has ahogado o todavía andas por los muelles mirando el agua, y además no es cierto porque estás aquí dormida y respirando entrecortadamente, pero entonces no te has ido cuando te fuiste en algún momento de la noche antes de que yo me perdiera en el sueño, porque te habías ido diciendo alguna cosa, que te ibas a ahogar en el Sena, o sea que has tenido miedo, has renunciado y de golpe estás ahí casi tocándome, y te mueves ondulando como si algo trabajara suavemente en tu sueño, como si de verdad soñaras que has salido y que después de todo llegaste a los muelles y te tiraste al agua. Así una vez más, para dormir después con la cara empapada de un llanto estúpido, hasta las once de la mañana, la hora en que traen el diario con las noticias de los que se han ahogado de veras.

Me das risa, pobre. Tus determinaciones trágicas, esa manera de andar golpeando las puertas como una actriz de tournées de provincia, uno se pregunta si realmente crees en tus amenazas, tus chantajes repugnantes, tus inagotables escenas patéticas untadas de lágrimas y adjetivos y recuentos. Merecerías a alguien más dotado que yo para que te diera la réplica, entonces se vería alzarse a la pareja perfecta, con el hedor exquisito del hombre y la mujer que se destrozan mirándose en los ojos para asegurarse el aplazamiento más precario, para sobrevivir todavía y volver a empezar y perseguir inagotablemente su verdad de terreno baldío y fondo de cacerola. Pero ya ves, escojo el silencio, enciendo un cigarrillo y te escucho hablar, te escucho quejarte (con razón, pero qué puedo hacerle), o lo que es todavía mejor me voy quedando dormido, arrullado casi por tus imprecaciones previsibles, con los ojos entrecerrados mezclo todavía por un rato las primeras ráfagas de los sueños con tus gestos de camisón ridículo bajo la luz de la araña que nos regalaron cuando nos casamos, y creo que al final me duermo y me llevo, te lo confieso casi con amor, la parte más aprovechable de tus movimientos y tus denuncias, el sonido restallante que te deforma los labios lívidos de cólera. Para enriquecer mis propios sueños donde jamás a nadie se le ocurre ahogarse, puedes creerme.

Pero si es así me pregunto qué estás haciendo en esta cama que habías decidido abandonar por la otra más vasta y más huyente. Ahora resulta que duermes, que de cuando en cuando mueves una pierna que va cambiando el dibujo de la sábana, pareces enojada por alguna cosa, no demasiado enojada, es como un cansancio amargo, tus labios esbozan una mueca de desprecio, dejan escapar el aire entrecortadamente, lo recogen a bocanadas breves, y creo que si no estuviera tan exasperado por tus falsas amenazas admitiría que eres otra vez hermosa, como si el sueño te devolviera un poco de mi lado donde el deseo es posible y hasta reconciliación o nuevo plazo, algo menos turbio que este amanecer donde empiezan a rodar los primeros carros y los gallos abominablemente desnudan su horrenda servidumbre. No sé, ya ni siquiera tiene sentido preguntar otra vez si en algún momento te habías ido, si eras tú la que golpeó la puerta al salir en el instante mismo en que yo resbalaba al olvido, y a lo mejor es por eso que prefiero tocarte, no porque dude de que estés ahí, probablemente en ningún momento te fuiste del cuarto, quizá un golpe de viento cerró la puerta, soñé que te habías ido mientras tú, creyéndome despierto, me gritabas tu amenaza desde los pies de la cama. No es por eso que te toco, en la penumbra verde del amanecer es casi dulce pasar una mano por ese hombro que se estremece y me rechaza. La sábana te cubre a medias, mis dedos empiezan a bajar por el terso dibujo de tu garganta, inclinándome respiro tu aliento que huele a noche y a jarabe, no sé cómo mis brazos te han enlazado, oigo una queja mientras arqueas la cintura negándote, pero los dos conocemos demasiado ese juego para creer en él, es preciso que me abandones la boca que jadea palabras sueltas, de nada sirve que tu cuerpo amodorrado y vencido luche por evadirse, somos a tal punto una misma cosa en ese enredo de ovillo donde la lana blanca y la lana negra luchan como arañas en un bocal. De la sábana que apenas te cubría alcanzo a entrever la ráfaga instantánea que surca el aire para perderse en la sombra y ahora estamos desnudos, el amanecer nos envuelve y reconcilia en una sola materia temblorosa, pero te obstinas en luchar, encogiéndote, lanzando los brazos por sobre mi cabeza, abriendo como en un relámpago los muslos para volver a cerrar sus tenazas monstruosas que quisieran separarme de mí mismo. Tengo que dominarte lentamente (y eso, lo sabes, lo he hecho siempre con una gracia ceremonial), sin hacerte daño voy doblando los juncos de tus brazos, me ciño a tu placer de manos crispadas, de ojos enormemente abiertos, ahora tu ritmo al fín se ahonda en movimientos lentos de muaré, de profundas burbujas ascendiendo hasta mi cara, vagamente acaricio tu pelo derramado en la almohada, en la penumbra verde miro con sorpresa mi mano que chorrea, y antes de resbalar a tu lado sé que acaban de sacarte del agua, demasiado tarde, naturalmente, y que yaces sobre las piedras del muelle rodeada de zapatos y de voces, desnuda boca arriba con tu pelo empapado y tus ojos abiertos.

LOS VENENOS

El sábado tío Carlos llegó a mediodía con la máquina de matar hormigas. El día antes había dicho en la mesa que iba a traerla, y mi hermana y yo esperábamos la máquina imaginando que era enorme, que era terrible. Conocíamos bien las hormigas de Bánfield, las hormigas negras que se van comiendo todo, hacen los hormigueros en la tierra, en los zócalos, o en ese pedazo misterioso donde una casa se hunde en el suelo, allí hacen agujeros disimulados pero no pueden esconder su fila negra que va y viene trayendo pedacitos de hojas, y los pedacitos de hojas eran las plantas del jardín, por eso mamá y tío Carlos se habían decidido a comprar la máquina para acabar con las hormigas.

Me acuerdo que mi hermana vio venir a tío Carlos por la calle Rodríguez Peña, desde lejos lo vio venir en el tílbury de la estación, y entró corriendo por el callejón del costado gritando que tío Carlos traía la máquina. Yo estaba en los ligustros que daban a lo de Lila, hablando con Lila por el alambrado, contándole que por la tarde íbamos a probar la máquina, y Lila estaba interesada pero no mucho, porque a las chicas no les importan las máquinas y no les importan las hormigas, solamente le llamaba la atención que la máquina echaba humo y que eso iba a matar todas las hormigas de casa.

Al oír a mi hermana le dije a Lila que tenía que ir a ayudar a bajar la máquina, y corrí por el callejón con el grito de guerra de Sitting Bull, corriendo de una manera que había inventado en ese tiempo y que era correr sin doblar las rodillas, como pateando una pelota. Cansaba poco y era como un vuelo, aunque nunca como el sueño de volar que yo siempre tenía entonces, y que era recoger las piernas del suelo, y con apenas un movimiento de cintura volar a veinte centímetros del suelo, de una manera que no se puede contar por lo linda, volar por calles largas, subiendo a veces un poco y otra vez al ras del suelo, con una sensación tan clara de estar despierto, aparte que en ese sueño la contra era que yo siempre soñaba que estaba despierto, que volaba de verdad, que antes lo había soñado pero esta vez iba de veras, y cuando me despertaba era como caerme al suelo, tan triste salir andando o corriendo pero siempre pesado, vuelta abajo a cada salto. Lo único un poco parecido era esta manera de correr que había inventado, con las zapatillas de goma Keds Champion con puntera daba la impresión del sueño, claro que no se podía comparar.

Mamá y abuelita ya estaban en la puerta hablando con tío Carlos y el cochero. Me arrimé despacio porque a veces me gustaba hacerme esperar, y con mi hermana miramos el bulto envuelto en papel madera y atado con mucho hilo sisal, que el cochero y tío Carlos bajaban a la vereda. Lo primero que pensé fue que era una parte de la máquina, pero en seguida vi que era la máquina completa, y me pareció tan chica que se me vino el alma a los pies. Lo mejor fue al entrarla, porque ayudando a tío Carlos

me di cuenta que la máquina pesaba mucho, y el peso
me devolvió confianza. Yo mismo le saqué los piolines
y el papel, porque mamá y tío Carlos tenían que abrir
un paquete chico donde venía la lata del veneno, y de
entrada ya nos anunciaron que eso no se tocaba y que más
de cuatro habían muerto retorciéndose por tocar la lata.
Mi hermana se fue a un rincón porque se le había acabado
el interés por todo y un poco también por miedo, pero
yo la miré a mamá y nos reímos, y todo aquel discurso
era por mi hermana, a mí me iban a dejar manejar la
máquina con veneno y todo.

No era linda, quiero decir que no era una máquina
máquina, por lo menos con una rueda que da vueltas o un
pito que echa un chorro de vapor. Parecía una estufa de
fierro negro, con tres patas combadas, una puerta para
el fuego, otra para el veneno y de arriba salía un tubo
de metal flexible (como el cuerpo de los gusanos) donde
después se enchufaba otro tubo de goma con un pico. A
la hora del almuerzo mamá nos leyó el manual de instrucciones, y cada vez que llegaba a las partes del veneno
todos la mirábamos a mi hermana, y abuelita le volvió
a decir que en Flores tres niños habían muerto por tocar
una lata. Ya habíamos visto la calavera en la tapa, y tío
Carlos buscó una cuchara vieja y dijo que ésa sería para
el veneno y que las cosas de la máquina las guardarían
en el estante de arriba del cuarto de las herramientas.
Afuera hacía calor porque empezaba enero, y la sandía
estaba helada, con las semillas negras que me hacían pensar en las hormigas.

Después de la siesta, la de los grandes porque mi

hermana leía el *Billiken* y yo clasificaba las estampillas en el patio cerrado, fuimos al jardín y tío Carlos puso la máquina en la rotonda de las hamacas donde siempre salían hormigueros. Abuelita preparó brasas de carbón para cargar la hornalla, y yo hice un barro lindísimo en una batea vieja, revolviendo con la cuchara de albañil. Mamá y mi hermana se sentaron en las sillas de paja para ver, y Lila miraba entre el ligustro hasta que le gritamos que viniera y dijo que la madre no la dejaba pero que lo mismo veía. Del otro lado del jardín ya se estaban asomando las de Negri, que eran unos casos y por eso no nos tratábamos. Les decían la Chola, la Ela y la Cufina, pobres. Eran buenas pero pavas, y no se podía jugar con ellas. Abuelita les tenía lástima pero mamá no las invitaba nunca a casa porque se armaban líos con mi hermana y conmigo. Las tres querían mandar la parada pero no sabían ni rayuela ni bolita ni vigilante y ladrón ni el barco hundido, y lo único que sabían era reírse como sonsas y hablar de tanta cosa que yo no sé a quién le podía interesar. El padre era concejal y tenían Orpington leonadas. Nosotros criábamos Rhode Island que es mejor ponedora.

La máquina parecía más grande por lo negra que se la veía entre el verde del jardín y los frutales. Tío Carlos la cargó con brasas, y mientras tomaba calor eligió un hormiguero y le puso el pico del tubo; yo eché barro alrededor y lo apisoné pero no muy fuerte, para impedir el desmoronamiento de las galerías como decía el manual. Entonces mi tío abrió la puerta para el veneno y trajo la lata y la cuchara. El veneno era violeta, un color precioso, y había que echar una cucharada grande y cerrar en seguida la puerta. Apenas la habíamos echado se oyó como un bufido y la máquina empezó a trabajar. Era estupendo, todo alrededor del pico salía un humo blanco, y había que echar más barro y aplastarlo con las manos. "Van a morir todas", dijo mi tío que estaba muy contento con el funcionamiento de la máquina, y yo me puse al lado de él con las manos llenas de barro hasta los codos, y se veía que era un trabajo para que lo hicieran los hombres.

—¿Cuánto tiempo hay que fumigar cada hormiguero? —preguntó mamá.

—Por lo menos media hora —dijo tío Carlos—. Algunos son larguísimos, más de lo que se cree.

Yo entendí que quería decir dos o tres metros, porque había tantos hormigueros en casa que no podía ser que fueran demasiado largos. Pero justo en ese momento oímos que la Cufina empezaba a chillar con esa voz que tenía que la escuchaban desde la estación, y toda la familia Negri vino al jardín diciendo que de un cantero de lechuga salía humo. Al principio yo no lo quería creer pero era cierto, porque en el mismo momento Lila me avisó desde los ligustros que en su casa también salía humo al lado de un duraznero, y tío Carlos se quedó pensando y después fue hasta el alambrado de los Negri y le pidió a la Chola que era la menos haragana que echara barro donde salía el humo, y yo salté a lo de Lila y taponé el hormiguero. Ahora salía humo en otras partes de casa, en el gallinero, más atrás de la puerta blanca, y al pie de la pared del costado. Mamá y mi hermana ayudaban

a poner barro, era formidable pensar que por debajo de
la tierra andaba tanto humo buscando salir, y que entre
ese humo las hormigas estaban rabiando y retorciéndose
como los tres niños de Flores.

Esa tarde trabajamos hasta la noche, y a mi hermana
la mandaron a preguntar si en las casas de otros vecinos
salía humo. Cuando apenas quedaba luz la máquina se
apagó, y al sacar el pico del hormiguero yo cavé un poco
con la cuchara de albañil y toda la cueva estaba llena de
hormigas muertas y tenía un color violeta que olía a
azufre. Eché barro encima como en los entierros, y cal-
culé que habrían muerto unas cinco mil hormigas por
lo menos. Ya todos se habían ido adentro porque era
hora de bañarse y tender la mesa, pero tío Carlos y yo
nos quedamos a repasar la máquina y a guardarla. Le
pregunté si podía llevar las cosas al cuarto de las herramientas y dijo que sí. Por las dudas me enjuagué las
manos después de tocar la lata y la cuchara, y eso que la
cuchara la habíamos limpiado antes.

Al otro día fue domingo y vino mi tía Rosa con mis
primos, y fue un día en que jugamos todo el tiempo al
vigilante y ladrón con mi hermana y con Lila que tenía
permiso de la madre. A la noche tía Rosa le dijo a mamá
si mi primo Hugo podía quedarse a pasar toda la semana
en Bánfield porque estaba un poco débil de la pleuresía
y necesitaba sol. Mamá dijo que sí, y todos estábamos
contentos. A Hugo le hicieron una cama en mi pieza,
y el lunes fue la sirvienta a traer su ropa para la semana.
Nos bañábamos juntos y Hugo sabía más cuentos que
yo, pero no saltaba tan lejos. Se veía que era de Buenos

Aires, con la ropa venían dos libros de Salgari y uno de botánica, porque tenía que preparar el ingreso a primer año. Dentro del libro venía una pluma de pavorreal, la primera que yo veía, y él la usaba como señalador. Era verde con un ojo violeta y azul, toda salpicada de oro. Mi hermana se la pidió pero Hugo le dijo que no porque se la había regalado la madre. Ni siquiera se la dejó tocar, pero a mí sí porque me tenía confianza y yo la agarraba del canuto.

Los primeros días, como tío Carlos trabajaba en la oficina no volvimos a encender la máquina, aunque yo le había dicho a mamá que si ella quería yo la podía hacer andar. Mamá dijo que mejor esperáramos al sábado, que total no había muchos almácigos esa semana y que no se veían tantas hormigas como antes.

—Hay unas cinco mil menos —le dije yo, y ella se reía pero me dio la razón. Casi mejor que no me dejara encender la máquina, así Hugo no se metía, porque era de esos que todo lo saben y abren las puertas para mirar adentro. Sobre todo con el veneno mejor que no me ayudara.

A la siesta nos mandaban quedarnos quietos, porque tenían miedo de la insolación. Mi hermana desde que Hugo jugaba conmigo venía todo el tiempo con nosotros, y siempre quería jugar de compañera con Hugo. A las bolitas yo les ganaba a los dos, pero al balero Hugo no sé cómo se las sabía todas y me ganaba. Mi hermana lo elogiaba todo el tiempo y yo me daba cuenta que lo buscaba para novio, era cosa de decírselo a mamá para que le plantara un par de bifes, solamente que no se me ocu-

rría cómo decírselo a mamá, total no hacían nada malo.
Hugo se reía de ella pero disimulando, y yo en esos momentos lo hubiera abrazado, pero era siempre cuando estábamos jugando y había que ganar o perder pero nada de abrazos.

La siesta duraba de dos a cinco, y era la mejor hora para estar tranquilos y hacer lo que uno quería. Con Hugo revisábamos las estampillas y yo le daba las repetidas, le enseñaba a clasificarlas por países, y él pensaba al otro año tener una colección como la mía pero solamente de América. Se iba a perder las de Camerún que son con animales, pero él decía que así las colecciones son más importantes. Mi hermana le daba la razón y eso que no sabía si una estampilla estaba del derecho o del revés, pero era para llevarme la contra. En cambio Lila que venía a eso de las tres, saltando por los ligustros, estaba de mi parte y le gustaban las estampillas de Europa. Una vez yo le había dado a Lila un sobre con todas estampillas diferentes, y ella siempre me lo recordaba y decía que el padre le iba a ayudar en la colección pero que la madre pensaba que eso no era para chicas y tenía microbios, y el sobre estaba guardado en el aparador.

Para que no se enojaran en casa por el ruido, cuando llegaba Lila nos íbamos al fondo y nos tirábamos debajo de los frutales. Las de Negri también andaban por el jardín de ellas, y yo sabía que las tres estaban locas con Hugo y se hablaban a gritos y siempre por la nariz, y la Cufina sobre todo se la pasaba preguntando: "¿Y dónde está el costurero con los hilos?" y la Ela le contestaba no sé qué, entonces se peleaban pero a propósito para

llamar la atención, y menos mal que de ese lado los ligustros eran tupidos y no se veía mucho. Con Lila nos mo-
ríamos de risa al oírlas, y Hugo se tapaba la nariz y decía:
"¿Y dónde está la pavita para el mate?" Entonces la
Chola que era la mayor decía: "¿Vieron chicas cuántos
groseros hay este año?", y nosotros nos metíamos pasto
en la boca para no reírnos fuerte, porque lo bueno era
dejarlas con las ganas y no seguírsela, así después cuando
nos oían jugar a la mancha rabiaban mucho más y al
final se peleaban entre ellas hasta que salía la tía y las
mechoneaba y las tres se iban adentro llorando.

A mí me gustaba tener de compañera a Lila en los
juegos, porque entre hermanos a uno no le gusta jugar
si hay otros, y mi hermana lo buscaba en seguida a Hugo
de compañero. Lila y yo les ganábamos a las bolitas, pero
a Hugo le gustaba más el vigilante y ladrón y la escondida, siempre había que hacerle caso y jugar a eso, pero
también era formidable, solamente que no podíamos gritar y los juegos así sin gritos no valen tanto. A la escondida casi siempre me tocaba contar a mí, no sé por qué
me engañaban vuelta a vuelta, y piedra libre uno detrás
de otro. A las cinco salía abuelita y nos retaba porque
estábamos sudados y habíamos tomado demasiado sol,
pero nosotros la hacíamos reír y le dábamos besos, hasta
Hugo y Lila que no eran de casa. Yo me fijé en esos días
que abuelita iba siempre a mirar el estante de las herramientas, y me di cuenta que tenía miedo de que andu-
viéramos hurgando con las cosas de la máquina. Pero a
nadie se le iba a ocurrir una pavada así, con lo de los
tres niños de Flores y encima la paliza que nos iban a dar.

A ratos me gustaba quedarme solo, y en esos momentos ni siquiera quería que estuviera Lila. Sobre todo al caer la tarde, un rato antes que abuelita saliera con su batón blanco y se pusiera a regar el jardín. A esa hora la tierra ya no estaba tan caliente, pero las madreselvas olían mucho y también los canteros de tomates donde había canaletas para el agua y bichos distintos que en otras partes. Me gustaba tirarme boca abajo y oler la tierra, sentirla debajo de mí, caliente con su olor a verano tan distinto de otras veces. Pensaba en muchas cosas, pero sobre todo en las hormigas, ahora que había visto lo que eran los hormigueros me quedaba pensando en las galerías que cruzaban por todos lados y que nadie veía. Como las venas en mis piernas, que apenas se distinguían debajo de la piel, pero llenas de hormigas y misterios que iban y venían. Si uno comía un poco de veneno, en realidad venía a ser lo mismo que el humo de la máquina, el veneno andaba por las venas del cuerpo igual que el humo en la tierra, no había mucha diferencia.

Después de un rato me cansaba de estar solo y estudiar los bichos de los tomates. Iba a la puerta blanca, tomaba impulso y me largaba a la carrera como Buffalo Bill, y al llegar al cantero de las lechugas lo saltaba limpio y ni tocaba el borde de gramilla. Con Hugo tirábamos al blanco con la Diana de aire comprimido, o jugábamos en las hamacas cuando mi hermana o a veces Lila salían de bañarse y venían a las hamacas con ropa limpia. También Hugo y yo nos íbamos a bañar, y a última hora salíamos todos a la vereda, o mi hermana tocaba el piano en la sala y nosotros nos sentábamos en la balaustrada y veíamos volver a la gente del trabajo hasta que llegaba tío Carlos y todos lo íbamos a saludar y de paso a ver si traía algún paquete con hilo rosa o el *Billiken*. Justamente una de ésas veces al correr a la puerta fue cuando Lila se tropezó en una laja y se lastimó la rodilla. Pobre Lila, no quería llorar pero le saltaban las lágrimas y yo pensaba en la madre que era tan severa y le diría machona y de todo cuando la viera lastimada. Hugo y yo hicimos la sillita de oro y la llevamos del lado de la puerta blanca mientras mi hermana iba a escondidas a buscar un trapo y alcohol. Hugo se hacía el comedido y quería curarla a Lila, lo mismo mi hermana para estar con Hugo, pero yo los saqué a empujones y le dije a Lila que aguantara nada más que un segundo, y que si quería cerrara los ojos. Pero ella no quiso y mientras yo le pasaba el alcohol ella lo miraba fijo a Hugo como para mostrarle lo valiente que era. Yo le soplé fuerte en la lastimadura y con la venda quedó muy bien y no le dolía.

—Mejor andate en seguida a tu casa —le dijo mi hermana—, así tu mamá no se cabrea.

Después que se fue Lila yo me empecé a aburrir con Hugo y mi hermana que hablaban de orquestas típicas, y Hugo había visto a De Caro en un cine y silbaba tangos para que mi hermana los sacara en el piano. Me fui a mi cuarto a buscar el álbum de las estampillas, y todo el tiempo pensaba que la madre la iba a retar a Lila y que a lo mejor estaba llorando o que se le iba a infectar la matadura como pasa tantas veces. Era increíble lo valiente que había sido Lila con el alcohol, y cómo lo miraba a Hugo sin llorar ni bajar la vista.

En la mesa de luz estaba la botánica de Hugo, y asomaba el canuto de la pluma de pavorreal. Como él me la dejaba mirar la saqué con cuidado y me puse al lado de la lámpara para verla bien. Yo creo que no había ninguna pluma más linda que ésa. Parecía las manchas que se hacen en el agua de los charcos, pero no se podía comparar, era muchísimo más linda, de un verde brillante como esos bichos que viven en los damascos y tienen dos antenas largas con una bolita peluda en cada punta. En medio de la parte más ancha y más verde se abría un ojo azul y violeta, todo salpicado de oro, algo como no se ha visto nunca. Yo de golpe me daba cuenta por qué se llamaba pavorreal, y cuanto más la miraba más pensaba en cosas raras, como en las novelas, y al final la tuve que dejar porque se la hubiera robado a Hugo y eso no podía ser. A lo mejor Lila estaba pensando en nosotros, sola en su casa (que era oscura y con sus padres tan severos) cuando yo me divertía con la pluma y las estampillas. Mejor guardar todo y pensar en la pobre Lila tan valiente.

Por la noche me costó dormirme, no sé por qué. Se me había metido en la cabeza que Lila no estaba bien y que tenía fiebre. Me hubiera gustado pedirle a mamá que fuera a preguntarle a la madre pero no se podía, primero con Hugo que se iba a reír, y después que mamá se enojaría si se enteraba de la lastimadura y que no le habíamos avisado. Me quise dormir tantas veces pero no podía, y al final pensé que lo mejor era ir por la mañana a lo de Lila y ver cómo estaba, o llamar por el ligustro. Al final me dormí pensando en Lila y Buffalo Bill y también en la máquina de las hormigas, pero sobre todo en Lila.

Al otro día me levanté antes que nadie y fui a mi jardín, que estaba cerca de las glicinas. Mi jardín era un cantero nada más que mío, que abuelita me había dado para que yo hiciese lo que quisiera. Una vez planté alpiste, después batatas, pero ahora me gustaban las flores y sobre todo mi jazmín del Cabo, que es el de olor más fuerte sobre todo de noche, y mamá siempre decía que mi jazmín era el más lindo de la casa. Con la pala fui cavando despacio alrededor del jazmín, que era lo mejor que yo tenía, y al final lo saqué con toda la tierra pegada a la raíz. Así fui a llamarla a Lila que también estaba levantada y no tenía casi nada en la rodilla.

—¿Hugo se va mañana? —me preguntó, y le dije que sí, porque tenía que seguir estudiando en Buenos Aires el ingreso a primer año. Le dije a Lila que le traía una cosa y ella me preguntó qué era, y entonces por entre el ligustro le mostré mi jazmín y le dije que se lo regalaba y que si quería la iba a ayudar a hacerse un jardín para ella sola. Lila dijo que el jazmín era muy lindo, y le pidió permiso a la madre y yo salté el ligustro para ayudarla a plantarlo. Elegimos un cantero chico, arrancamos unos crisantemos medio secos que había, y yo me puse a puntear la tierra, a darle otra forma al cantero, y después Lila me dijo dónde le gustaba que estuviera el jazmín, que era en el mismo medio. Yo lo planté, regamos con la regadera y el jardín quedó muy bien. Ahora yo tenía que conseguir un poco de gramilla, pero no había apuro. Lila estaba muy contenta y no le dolí nada la lastimadura. Quería que Hugo y mi hermana vieran en seguida lo que habíamos hecho, y yo los fui a buscar justo cuando mamá me llamaba para el café con leche. Las de Negri andaban peleándose en el jardín, y la Cufina chillaba como siempre. No sé cómo podían pelearse con una mañana tan linda.

El sábado por la tarde Hugo se tenía que volver a Buenos Aires y yo dentro de todo me alegré porque tío Carlos no quería encender la máquina ese día y lo dejó para el domingo. Mejor que estuviéramos él y yo solamente, no fuera la mala pata que Hugo se saliera envenenando o cualquier cosa. Esa tarde lo extrañé un poco porque ya me había acostumbrado a tenerlo en mi cuarto, y sabía tantos cuentos y aventuras de memoria. Pero peor era mi hermana que andaba por toda la casa como sonámbula, y cuando mamá le preguntó qué le pasaba dijo que nada, pero ponía una cara que mamá se quedó mirándola y al final se fue diciendo que algunas se creían más grandes de lo que eran y eso que ni sonarse solas sabían. Yo encontraba que mi hermana se portaba como una estúpida, sobre todo cuando la vi que con tiza de colores escribía en el pizarrón del patio el nombre de Hugo, lo borraba y lo escribía de nuevo, siempre con otros colores y otras letras, mirándome de reojo, y después hizo un corazón con una flecha y yo me fui para no pegarle un par de bifes o ir a decírselo a mamá. Para peor esa tarde Lila se había vuelto a su casa temprano, diciendo que la madre no la dejaba quedarse por culpa de la lastimadura. Hugo le dijo que a las cinco venían a buscarlo de Buenos Aires, y que por qué no se quedaba hasta que él se fuera, pero Lila dijo que no podía y se fue corriendo y sin saludar. Por eso cuando lo vinieron a buscar, Hugo tuvo que ir a despedirse de Lila y la madre, y después se despidió de nosotros y se fue muy contento diciendo que volvería al otro fin de semana. Esa noche yo me sentí un poco solo en mi cuarto, pero por otro lado era una ventaja sentir que todo era de nuevo mío, y que podía apagar la luz cuando me daba la gana.

El domingo al levantarme oí que mamá hablaba por el alambrado con el señor Negri. Me acerqué a decir buen día y el señor Negri estaba diciéndole a mamá que en el cantero de las lechugas donde salía el humo el día que probamos la máquina, todas las lechugas se estaban marchitando. Mamá le dijo que era muy raro porque en el prospecto de la máquina decía que el humo no era dañino para las plantas, y el señor Negri le contestó que no hay que fiarse de los prospectos, que lo mismo es con los remedios que cuando uno lee el prospecto se va a curar de todo y después a lo mejor acaba entre cuatro velas. Mamá le dijo que podía ser que alguna de las chicas hubiera echado agua de jabón en el cantero sin querer (pero yo me di cuenta que mamá quería decir a propósito, de chusmas que eran y para buscar pelea) y entonces el señor Negri dijo que iba a averiguar pero que en realidad si la máquina mataba las plantas no se veía la ventaja de tomarse tanto trabajo. Mamá le dijo que no iba a comparar unas lechugas de mala muerte con el estrago que hacen las hormigas en los jardines, y que por la tarde la íbamos a encender, y si veían humo que avisaran que nosotros iríamos a tapar los hormigueros para que ellos no se molestaran. Abuelita me llamó para tomar el café y no sé qué más se dijeron, pero yo estaba entusiasmado pensando que otra vez íbamos a combatir las hormigas, y me pasé la mañana leyendo Raffles aunque no me gustaba tanto como Buffalo Bill y otras novelas.

A mi hermana se le había pasado la loca y andaba cantando por toda la casa, en una de esas le dio por pintar con los lápices de colores y vino adonde yo estaba, y antes de darme cuenta ya había metido la nariz en lo que yo hacía, y justo por casualidad yo acababa de escribir mi nombre, que me gustaba escribirlo en todas partes, y el de Lila que por pura casualidad había escrito al lado del mío. Cerré el libro pero ella ya había leído y se puso a reír a carcajadas y me miraba como con lástima, y yo me le fui encima pero ella chilló y oí que mamá se acercaba, entonces me fui al jardín con toda la rabia. En el almuerzo ella me estuvo mirando con burla todo el tiempo, y me hubiera encantado pegarle una patada por abajo de la mesa, pero era capaz de ponerse a gritar y a la tarde íbamos a encender la máquina, así que me aguanté y no dije nada. A la hora de la siesta me trepé al sauce a leer y a pensar, y cuando a las cuatro y media salió tío Carlos de dormir, cebamos mate y después preparamos la máquina, y yo hice dos palanganas de barro. Las mujeres estaban adentro y hacía calor, sobre todo al lado de la máquina que era a carbón, pero el mate es bueno para eso si se toma amargo y muy caliente.

Habíamos elegido la parte del fondo del jardín cerca de los gallineros, porque parecía que las hormigas se estaban refugiando en esa parte y hacían mucho estrago en

los almácigos. Apenas pusimos el pico en el hormiguero
más grande empezó a salir humo por todas partes, y hasta
por entre los ladrillos del piso del gallinero salía. Yo iba
de un lado a otro taponando la tierra, y me gustaba echar
el barro encima'y aplastarlo con las manos hasta que
dejaba de salir el humo. Tío Carlos se asomó al alambrado
de las de Negri y le preguntó a la Chola, que era la menos
sonsa, si no salía humo en su jardín, y la Cufina armaba
gran revuelo y andaba por todas partes mirando porque
a tío Carlos le tenían mucho respeto, pero no salía humo
del lado de ellas. En cambio oí que Lila me llamaba y
fui corriendo al ligustro y la vi que estaba con su vestido
de lunares anaranjados que era el que más me gustaba,
y la rodilla vendada. Me gritó que salía humo de su jardín,
el que era solamente suyo, y yo ya estaba saltando el
alambrado con una de las palanganas de barro mientras
Lila me decía afligida que al ir a ver su jardín había
oído que hablábamos con las de Negri y que entonces
justo al lado de donde habíamos plantado el jazmín empezaba a salir humo. Yo estaba arrodillado echando barro
con todas mis fuerzas. Era muy peligroso para el jazmín
recién trasplantado y ahora con el veneno tan cerca, aunque el manual decía que no. Pensé si no podría cortar la
galería de las hormigas unos metros antes del cantero,
pero antes de nada eché el barro y taponé la salida lo
mejor que pude. Lila se había sentado a la sombra con
un libro y me miraba trabajar. Me gustaba que me estuviera mirando, y puse tanto barro que seguro que por ahí no
iba a salir más humo. Después me acerqué a preguntarle
dónde había una pala para ver de cortar la galería antes

que llegara al jazmín con todo el veneno. Lila se levantó y fue a buscar la pala, y como tardaba yo me puse a mirar el libro que era de cuentos con figuras, y me quedé asombrado al ver que Lila también tenía una pluma de pavorreal preciosa en el libro, y que nunca me había dicho nada. Tío Carlos me estaba llamando para que taponara otros agujeros, pero yo me quedé mirando la pluma que no podía ser la de Hugo pero era tan idéntica que parecía del mismo pavorreal, verde con el ojo violeta y azul, y las manchitas de oro. Cuando Lila vino con la pala le pregunté de dónde había sacado la pluma, y pensaba contarle que Hugo tenía una idéntica. Casi no me di cuenta de lo que me decía cuando se puso muy colorada y contestó que Hugo se la había regalado al ir a despedirse.

—Me dijo que en su casa hay muchas —agregó como disculpándose pero no me miraba, y tío Carlos me llamó más fuerte del otro lado de los ligustros y yo tiré la pala que me había dado Lila y me volví al alambrado, aunque Lila me llamaba y me decía que otra vez estaba saliendo humo en su jardín. Salté el alambrado y desde casa por entre los ligustros la miré a Lila que estaba llorando con el libro en la mano y la pluma que asomaba apenas, y vi que el humo salía ahora al lado mismo del jazmín, todo el veneno mezclándose con las raíces. Fui hasta la máquina aprovechando que tío Carlos hablaba de nuevo con las de Negri, abrí la lata del veneno y eché dos, tres cucharadas llenas en la máquina y la cerré; así el humo invadía bien los hormigueros y mataba todas las hormigas, no dejaba ni una hormiga viva en el jardín de casa.

LA PUERTA CONDENADA

A Petrone le gustó el hotel Cervantes por razones que hubieran desagradado a otros. Era un hotel sombrío, tranquilo, casi desierto. Un conocido del momento se lo recomendó cuando cruzaba el río en el vapor de la carrera, diciéndole que estaba en la zona céntrica de Montevideo. Petrone aceptó una habitación con baño en el segundo piso, que daba directamente a la sala de recepción. Por el tablero de llaves en la portería supo que había poca gente en el hotel; las llaves estaban unidas a unos pesados discos de bronce con el número de la habitación, inocente recurso de la gerencia para impedir que los clientes se las echaran al bolsillo.

El ascensor dejaba frente a la recepción, donde había un mostrador con los diarios del día y el tablero telefónico. Le bastaba caminar unos metros para llegar a la habitación. El agua salía hirviendo, y eso compensaba la falta de sol y de aire. En la habitación había una pequeña ventana que daba a la azotea del cine contiguo; a veces una paloma se paseaba por ahí. El cuarto de baño tenía una ventana más grande, que se abría tristemente a un muro y a un lejano pedazo de cielo, casi inútil. Los muebles eran buenos, había cajones y estantes de sobra. Y muchas perchas, cosa rara.

El gerente resultó ser un hombre alto y flaco, completamente calvo. Usaba anteojos con armazón de oro y hablaba con la voz fuerte y sonora de los uruguayos. Le dijo a Petrone que el segundo piso era muy tranquilo, y que en la única habitación contigua a la suya vivía una señora sola, empleada en alguna parte, que volvía al hotel a la caída de la noche. Petrone la encontró al día siguiente en el ascensor. Se dio cuenta de que era ella por el número de la llave que tenía en la palma de la mano, como si ofreciera una enorme moneda de oro. El portero tomó la llave y la de Petrone para colgarlas en el tablero, y se quedó hablando con la mujer sobre unas cartas. Petrone tuvo tiempo de ver que era todavía joven, insignificante, y que se vestía mal como todas las orientales.

El contrato con los fabricantes de mosaicos llevaría más o menos una semana. Por la tarde Petrone acomodó la ropa en el armario, ordenó sus papeles en la mesa, y después de bañarse salió a recorrer el centro mientras se hacía hora de ir al escritorio de los socios. El día se pasó en conversaciones, cortadas por un copetín en Pocitos y una cena en casa del socio principal. Cuando lo dejaron en el hotel era más de la una. Cansado, se acostó y se durmió en seguida. Al despertarse eran casi las nueve, y en esos primeros minutos en que todavía quedan las sobras de la noche y del sueño, pensó que en algún momento lo había fastidiado el llanto de una criatura.

Antes de salir charló con el empleado que atendía la recepción y que hablaba con acento alemán. Mientras se informaba sobre líneas de ómnibus y nombres de calles, miraba distraído la gran sala en cuyo extremo estaban las puertas de su habitación y la de la señora sola. Entre las dos puertas había un pedestal con una nefasta réplica de la Venus de Milo. Otra puerta, en la pared lateral, daba a una salita con los infaltables sillones y revistas. Cuando el empleado y Petrone callaban, el silencio del hotel parecía coagularse, caer como ceniza sobre los muebles y las baldosas. El ascensor resultaba casi estrepitoso, y lo mismo el ruido de las hojas de un diario o el raspar de un fósforo.

Las conferencias terminaron al caer la noche y Petrone dio una vuelta por 18 de Julio antes de entrar a cenar en uno de los bodegones de la plaza Independencia. Todo iba bien, y quizá pudiera volverse a Buenos Aires antes de lo que pensaba. Compró un diario argentino, un atado de cigarrillos negros, y caminó despacio hasta el hotel. En el cine de al lado daban dos películas que ya había visto, y en realidad no tenía ganas de ir a ninguna parte. El gerente lo saludó al pasar y le preguntó si necesitaba más ropa de cama. Charlaron un momento, fumando un pitillo, y se despidieron.

Antes de acostarse Petrone puso en orden los papeles que había usado durante el día, y leyó el diario sin mucho interés. El silencio del hotel era casi excesivo, y el ruido de uno que otro tranvía que bajaba por la calle Soriano no hacía más que pausarlo, fortalecerlo para un nuevo intervalo. Sin inquietud pero con alguna impaciencia, tiró el diario al canasto y se desvistió mientras se miraba distraído en el espejo del armario. Era un armario ya viejo, y lo habían adosado a una puerta que daba a la habitación contigua. A Petrone le sorprendió descubrir la puerta que se le había escapado en su primera inspección del cuarto. Al principio había supuesto que el edificio estaba destinado a hotel, pero ahora se daba cuenta de que pasaba lo que en tantos hoteles modestos, instalados en antiguas casas de escritorios o de familia. Pensándolo bien, en casi todos los hoteles que había conocido en su vida —y eran muchos— las habitaciones tenían alguna puerta condenada, a veces a la vista pero casi siempre con un ropero, una mesa o un perchero delante, que como en este caso les daba una cierta ambigüedad, un avergonzado deseo de disimular su existencia como una mujer que cree taparse poniéndose las manos en el vientre o los senos. La puerta estaba ahí, de todos modos, sobresaliendo del nivel del armario. Alguna vez la gente había entrado y salido por ella, golpeándola, entornándola, dándole una vida que todavía estaba presente en su madera tan distinta de las paredes. Petrone imaginó que del otro lado habría también un ropero y que la señora de la habitación pensaría lo mismo de la puerta.

No estaba cansado pero se durmió con gusto. Llevaría tres o cuatro horas cuando lo despertó una sensación de incomodidad, como si algo ya hubiera ocurrido, algo molesto e irritante. Encendió el velador, vio que eran las dos y media, y apagó otra vez. Entonces oyó en la pieza de al lado el llanto de un niño.

En el primer momento no se dio bien cuenta. Su primer movimiento fue de satisfacción; entonces era cierto que la noche antes un chico no lo había dejado descansar. Todo explicado, era más fácil volver a dormirse. Pero después pensó en lo otro y se sentó lentamente en la cama, sin encender la luz, escuchando. No se engañaba, el llanto venía de la pieza de al lado. El sonido se oía a través de la puerta condenada, se localizaba en ese sector de la habitación al que correspondían los pies de la cama. Pero no podía ser que en la pieza de al lado hubiera un niño; el gerente había dicho claramente que la señora vivía sola, que pasaba casi todo el día en su empleo. Por un segundo se le ocurrió a Petrone que tal vez esa noche estuviera cuidando al niño de alguna parienta o amiga. Pensó en la noche anterior. Ahora estaba seguro de que *ya* había oído el llanto, porque no era un llanto fácil de confundir, más bien una serie irregular de gemidos muy débiles, de hipos quejosos seguidos de un lloriqueo momentáneo, todo ello inconsistente, mínimo, como si el niño estuviera muy enfermo. Debía ser una criatura de pocos meses aunque no llorara con la estridencia y los repentinos cloqueos y ahogos de un recién nacido. Petrone imaginó a un niño —un varón, no sabía por qué— débil y enfermo, de cara consumida y movimientos apagados. *Eso* se quejaba en la noche, llorando pudoroso, sin llamar demasiado la atención. De no estar allí la puerta condenada, el llanto no hubiera vencido las fuertes espaldas de la pared, nadie hubiera sabido que en la pieza de al lado estaba llorando un niño.

Por la mañana Petrone lo pensó un rato mientras tomaba el desayuno y fumaba un cigarrillo. Dormir mal no le convenía para su trabajo del día. Dos veces se había despertado en plena noche, y las dos veces a causa del llanto. La segunda vez fue peor, porque a más del llanto se oía la voz de la mujer que trataba de calmar al niño. La voz era muy baja pero tenía un tono ansioso que le daba una calidad teatral, un susurro que atravesaba la puerta con tanta fuerza como si hablara a gritos. El niño cedía por momentos al arrullo, a las instancias; después volvía a empezar con un leve quejido entrecortado, una inconsolable congoja. Y de nuevo la mujer murmuraba palabras incomprensibles, el encantamiento de la madre para acallar al hijo atormentado por su cuerpo o su alma, por estar vivo o amenazado de muerte.

"Todo es muy bonito, pero el gerente me macaneó", pensaba Petrone al salir de su cuarto. Lo fastidiaba la mentira y no lo disimuló. El gerente se quedó mirándolo.

—¿Un chico? Usted se habrá confundido. No hay chicos pequeños en este piso. Al lado de su pieza vive una señora sola, creo que ya se lo dije.

Petrone vaciló antes de hablar. O el otro mentía estúpidamente, o la acústica del hotel le jugaba una mala pasada. El gerente lo estaba mirando un poco de soslayo, como si a su vez lo irritara la protesta. "A lo mejor me cree tímido y que ando buscando un pretexto para mandarme mudar", pensó. Era difícil, vagamente absurdo insistir frente a una negativa tan rotunda. Se encogió de hombros y pidió el diario.

—Habré soñado —dijo, molesto por tener que decir eso, o cualquier otra cosa.

El cabaret era de un aburrimiento mortal y sus dos anfitriones no parecían demasiado entusiastas, de modo que a Petrone le resultó fácil alegar el cansancio del día y hacerse llevar al hotel. Quedaron en firmar los contratos al otro día por la tarde; el negocio estaba prácticamente terminado.

El silencio en la recepción del hotel era tan grande que Petrone se descubrió a sí mismo andando en puntillas. Le habían dejado un diario de la tarde al lado de la cama; había también una carta de Buenos Aires. Reconoció la letra de su mujer.

Antes de acostarse estuvo mirando el armario y la parte sobresaliente de la puerta. Tal vez si pusiera sus dos valijas sobre el armario, bloqueando la puerta, los ruidos de la pieza de al lado disminuirían. Como siempre a esa hora, no se oía nada. El hotel dormía, las cosas y las gentes dormían. Pero a Petrone, ya malhumorado, se le ocurrió que era al revés y que todo estaba despierto, anhelosamente despierto en el centro del silencio. Su ansiedad inconfesada debía estarse comunicando a la casa, a las gentes de la casa, prestándoles una calidad de acecho, de vigilancia agazapada. Montones de pavadas.

Casi no lo tomó en serio cuando el llanto del niño lo trajo de vuelta a las tres de la mañana. Sentándose en la cama se preguntó si lo mejor sería llamar al sereno para tener un testigo de que en esa pieza no se podía dormir. El niño lloraba tan débilmente que por momentos no se lo escuchaba, aunque Petrone sentía que el llanto estaba ahí, continuo, y que no tardaría en crecer otra vez. Pasaban diez o veinte lentísimos segundos; entonces llegaba un hipo breve, un quejido apenas perceptible que se prolongaba dulcemente hasta quebrarse en el verdadero llanto.

Encendiendo un cigarrillo, se preguntó si no debería dar unos golpes discretos en la pared para que la mujer hiciera callar al chico. Recién cuando los pensó a los dos, a la mujer y al chico, se dio cuenta de que no creía en ellos, de que absurdamente no creía que el gerente le hubiera mentido. Ahora se oía la voz de la mujer, tapando por completo el llanto del niño con su arrebatado —aunque tan discreto— consuelo. La mujer estaba arrullando al niño, consolándolo, y Petrone se la imaginó sentada al pie de la cama, moviendo la cuna del niño o teniéndolo en brazos. Pero por más que lo quisiera no conseguía imaginar al niño, como si la afirmación del hotelero fuese más cierta que esa realidad que estaba escuchando. Poco a poco, a medida que pasaba el tiempo y los débiles quejidos se alternaban o crecían entre los murmullos de consuelo, Petrone empezó a sospechar que aquello era una farsa, un juego ridículo y monstruoso que no alcanzaba a explicarse. Pensó en viejos relatos de mujeres sin hijos, organizando en secreto un culto de muñecas, una inventada maternidad a escondidas, mil veces peor que los mimos a perros o gatos o sobrinos. La mujer estaba imitando el llanto de su hijo frustrado, consolando el aire entre sus manos vacías, tal vez con la cara mojada de lágrimas porque el llanto que fingía era a la vez su verdadero llanto, su grotesco dolor en la soledad de una pieza de hotel, protegida por la indiferencia y por la madrugada.

Encendiendo el velador, incapaz de volver a dormirse, Petrone se preguntó qué iba a hacer. Su malhumor era maligno, se contagiaba de ese ambiente donde de repente

todo se le antojaba trucado, hueco, falso: el silencio, el
llanto, el arrullo, lo único real de esa hora entre noche
y día y que lo engañaba con su mentira insoportable.
Golpear en la pared le pareció demasiado poco. No estaba completamente despierto aunque le hubiera sido imposible dormirse; sin saber bien cómo, se encontró moviendo
poco a poco el armario hasta dejar al descubierto la
puerta polvorienta y sucia. En piyama y descalzo, se pegó
a ella como un ciempiés, y acercando la boca a las tablas
de pino empezó a imitar en falsete, imperceptiblemente,
un quejido como el que venía del otro lado. Subió de
tono, gimió, sollozó. Del otro lado se hizo un silencio que
habría de durar toda la noche; pero en el instante que
lo precedió, Petrone pudo oír que la mujer corría por la
habitación con un chicotear de pantuflas, lanzando un
grito seco e instantáneo, un comienzo de alarido que se
cortó de golpe como una cuerda tensa.

Cuando pasó por el mostrador de la gerencia eran más
de las diez. Entre sueños, después de las ocho, había oído
la voz del empleado y la de una mujer. Alguien había
andado en la pieza de al lado moviendo cosas. Vio un
baúl y dos grandes valijas cerca del ascensor. El gerente
tenía un aire que a Petrone se le antojó de desconcierto.

—¿Durmió bien anoche? —le preguntó con el tono
profesional que apenas disimulaba la indiferencia.

Petrone se encogió de hombros. No quería insistir,
cuando apenas le quedaba por pasar otra noche en el
hotel.

—De todas maneras ahora va a estar más tranquilo

—dijo el gerente, mirando las valijas—. La señora se nos va a mediodía.

Esperaba un comentario, y Petrone lo ayudó con los ojos.

—Llevaba aquí mucho tiempo, y se va así de golpe. Nunca se sabe con las mujeres.

—No —dijo Petrone—. Nunca se sabe.

En la calle se sintió mareado, con un mareo que no era físico. Tragando un café amargo empezó a darle vueltas al asunto, olvidándose del negocio, indiferente al espléndido sol. Él tenía la culpa de que esa mujer se fuera del hotel, enloquecida de miedo, de vergüenza o de rabia. *Llevaba aquí mucho tiempo...* Era una enferma, tal vez, pero inofensiva. No era ella sino él quien hubiera debido irse del Cervantes. Tenía el deber de hablarle, de excusarse y pedirle que se quedara, jurándole discreción. Dio unos pasos de vuelta y a mitad del camino se paró. Tenía miedo de hacer un papelón, de que la mujer reaccionara de alguna manera insospechada. Ya era hora de encontrarse con los dos socios y no quería tenerlos esperando. Bueno, que se embromara. No era más que una histérica, ya encontraría otro hotel donde cuidar a su hijo imaginario.

Pero a la noche volvió a sentirse mal, y el silencio de la habitación le pareció todavía más espeso. Al entrar al hotel no había podido dejar de ver el tablero de las llaves, donde faltaba ya la de la pieza de al lado. Cambió unas palabras con el empleado, que esperaba bostezando la hora de irse, y entró en su pieza con poca esperanza de poder dormir. Tenía los diarios de la tarde y una novela policial. Se entretuvo arreglando sus valijas, ordenando sus papeles. Hacía calor, y abrió de par en par la pequeña ventana. La cama estaba bien tendida, pero la encontró incómoda y dura. Por fin tenía todo el silencio necesario para dormir a pierna suelta, y le pesaba. Dando vueltas y vueltas, se sintió como vencido por ese silencio que había reclamado con astucia y que le devolvían entero y vengativo. Irónicamente pensó que extrañaba el llanto del niño, que esa calma perfecta no le bastaba para dormir y todavía menos para estar despierto. Extrañaba el llanto del niño, y cuando mucho más tarde lo oyó, débil pero inconfundible a través de la puerta condenada, por encima del miedo, por encima de la fuga en plena noche supo que estaba bien y que la mujer no había mentido, no se había mentido al arrullar al niño, al querer que el niño se callara para que ellos pudieran dormirse.

LAS MÉNADES

Alcanzándome un programa impreso en papel crema, Don Pérez me condujo a mi platea. Fila nueve, ligeramente hacia la derecha: el perfecto equilibrio acústico. Conozco bien el teatro Corona y sé que tiene caprichos de mujer histérica. A mis amigos les aconsejo que no acepten jamás fila trece, porque hay una especie de pozo de aire donde no entra la música; ni tampoco el lado izquierdo de las tertulias, porque al igual que en el Teatro Comunale de Florencia, algunos instrumentos dan la impresión de apartarse de la orquesta, flotar en el aire, y es así como una flauta puede ponerse a sonar a tres metros de uno mientras el resto continúa correctamente en la escena, lo cual será pintoresco pero muy poco agradable.

Le eché una mirada al programa. Tendríamos *El sueño de una noche de verano*, *Don Juan*, *El mar* y la *Quinta sinfonía*. No pude menos de reírme al pensar en el Maestro. Una vez más el viejo zorro había ordenado su programa de concierto con esa insolente arbitrariedad estética que encubría un profundo olfato psicológico, rasgo común en los régisseurs de music-hall, los virtuosos de piano y los match-makers de lucha libre. Sólo yo de puro aburrido podía meterme en un concierto donde después de Strauss, Debussy, y sobre el pucho Beethoven contra todos

los mandatos humanos y divinos. Pero el Maestro conocía
a su público, armaba conciertos para los habitués del
teatro Corona, es decir gente tranquila y bien dispuesta
que prefiere lo malo conocido a lo bueno por conocer,
y que exige ante todo profundo respeto por su digestión
y su tranquilidad. Con Mendelssohn se pondrían cómodos,
después el *Don Juan* generoso y redondo, con tonaditas
silbables. Debussy los haría sentirse artistas, porque no
cualquiera entiende su música. Y luego el plato fuerte,
el gran masaje vibratorio beethoveniano, así llama el
destino a la puerta, la V de la victoria, el sordo genial,
y después volando a casa que mañana hay un trabajo
loco en la oficina.

En realidad yo le tenía un enorme cariño al Maestro,
que nos trajo buena música a esta ciudad sin arte, ale-
jada de los grandes centros, donde hace diez años no se
pasaba de *La Traviata* y la obertura de *El Guaraní*. El
Maestro vino a la ciudad contratado por un empresario
decidido, y armó esta orquesta que podía considerarse de
primera línea. Poco a poco nos fue soltando Brahms,
Mahler, los impresionistas, Strauss y Mussorgski. Al principio los abonados le gruñeron y el Maestro tuvo que
achicar las velas y poner muchas "selecciones de ópera"
en los programas; después empezaron a aplaudirle el
Beethoven duro y parejo que nos plantaba, y al final lo
ovacionaron por cualquier cosa, por sólo verlo, como ahora que su entrada estaba provocando un entusiasmo fuera
de lo común. Pero a principios de temporada la gente
tiene las manos frescas, aplaude con gusto, y además todo
el mundo lo quería al Maestro que se inclinaba secamente,

sin demasiada condescendencia, y se volvía a los músicos con su aire de jefe de brigantes. Yo tenía a mi izquierda a la señora de Jonatán, a quien no conozco mucho pero que pasa por melómana, y que sonrosadamente me dijo:

—Ahí tiene, ahí tiene a un hombre que ha conseguido lo que pocos. No sólo ha formado una orquesta sino un público. ¿No es admirable?

—Sí —dije yo con mi condescendencia habitual.

—A veces pienso que debería dirigir mirando hacia la sala, porque también nosotros somos un poco sus músicos.

—No me incluya, por favor —dije—. En materia de música tengo una triste confusión mental. Este programa, por ejemplo, me parece horrendo. Pero sin duda me equivoco.

La señora de Jonatán me miró con dureza y desvió el rostro, aunque su amabilidad pudo más y la indujo a darme una explicación.

—El programa es de puras obras maestras, y cada una ha sido solicitada especialmente por cartas de admiradores. ¿No sabe que el Maestro cumple esta noche sus bodas de plata con la música? ¿Y que la orquesta festeja los cinco años de formación? Lea al dorso del programa, hay un artículo tan delicado del doctor Palacín.

Leí el artículo del doctor Palacín en el intervalo, después de Mendelssohn y Strauss que le valieron al Maestro sendas ovaciones. Paseándome por el foyer me pregunté una o dos veces si las ejecuciones justificaban semejantes arrebatos de un público que, según me consta, no es demasiado generoso. Pero los aniversarios son las grandes puertas de la estupidez, y presumí que los adictos del Maestro no eran capaces de contener su emoción. En el bar encontré al doctor Epifanía con su familia, y me quedé a charlar unos minutos. Las chicas estaban rojas y excitadas, me rodearon como gallinitas cacareantes (hacen pensar en volátiles diversos) para decirme que Mendelssohn había estado bestial, que era una música como de terciopelo y de gasas, y que tenía un romanticismo divino. Uno podría quedarse toda la vida oyendo el nocturno, y el scherzo estaba tocado como por manos de hadas. A la Beba le gustaba más Strauss porque era fuerte, verdaderamente un Don Juan alemán, con esos cornos y esos trombones que le ponían carne de gallina — cosa que me resultó sorprendentemente literal. El doctor Epifanía nos escuchaba con sonriente indulgencia.

—¡Ah, los jóvenes! Bien se ve que ustedes no escucharon tocar a Risler, ni dirigir a von Bülow. Esos eran los grandes tiempos.

Las chicas lo miraban furiosas. Rosarito dijo que las orquestas estaban mucho mejor dirigidas que cincuenta años atrás, y la Beba negó a su padre todo derecho a disminuir la calidad extraordinaria del Maestro.

—Por supuesto, por supuesto —dijo el doctor Epifanía—. Considero que el Maestro está genial esta noche. ¡Qué fuego, qué arrebato! Yo mismo hacía años que no aplaudía tanto.

Y me mostró dos manos con las que se hubiera dicho que acababa de aplastar una remolacha. Lo curioso es que hasta ese momento yo había tenido la impresión contraria, y me parecía que el Maestro estaba en una de esas noches en que el hígado le molesta y él opta por un estilo escueto y directo, sin prodigarse mucho. Pero debía ser el único que pensaba así, porque Cayo Rodríguez casi me saltó al pescuezo al descubrirme, y me dijo que el *Don Juan* había estado brutal y que el Maestro era un director increíble.

—¿Vos no viste ese momento en el scherzo de Mendelsshon cuando parece que en vez de una orquesta son como susurros de voces de duendes?

—La verdad —dije yo— es que primero tendría que enterarme de cómo son las voces de los duendes.

—No seas bruto —dijo Cayo enrojeciendo, y vi que me lo decía sinceramente rabioso—. ¿Cómo no sos capaz de captar eso? El Maestro está genial, che, dirige como nunca. Parece mentira que seas tan coriáceo.

Guillermina Fontán venía presurosa hacia nosotros. Repitió todos los epítetos de las chicas de Epifanía, y ella y Cayo se miraron con lágrimas en los ojos, conmovidos por esa fraternidad en la admiración que por un momento hace tan buenos a los humanos. Yo los contemplaba con asombro, porque no me explicaba del todo un entusiasmo semejante; cierto que no voy todas las noches a los conciertos como ellos, y que a veces me ocurre confundir Brahms con Brückner y viceversa, lo que en su grupo sería considerado como de una ignorancia inapelable. De todas maneras esos rostros rubicundos, esos cuellos transpirados, ese deseo latente de seguir aplaudiendo aunque fuera en el foyer o en el medio de la calle, me hacían pensar en las influencias atmosféricas, la humedad o las manchas solares, cosas que suelen afectar los comportamientos humanos. Me acuerdo de que en ese momento pensé si algún gracioso no estaría repitiendo el memorable experimento del doctor Ox para incandescer al público. Guillermina me arrancó de mis cavilaciones sacudiéndome del brazo con violencia (apenas nos conocemos).

—Y ahora viene Debussy —murmuró excitadísima—. Esa puntilla de agua, *La Mer*.

—Será magnífico escucharla —dije, siguiéndole la corriente marina.

—¿Usted se imagina cómo la va a dirigir el Maestro?

—Impecablemente —estimé, mirándola para ver cómo juzgaba mi advertencia. Pero era evidente que Guillermina esperaba más fuego, porque se volvió a Cayo que bebía soda como un camello sediento y los dos se entregaron a un cálculo beatífico sobre lo que sería el segundo tiempo de Debussy, y la fuerza grandiosa que tendría el tercero. Me fui de ronda por los pasillos, volví al foyer, y en todas partes era entre conmovedor e irritante ver el entusiasmo del público por lo que acababa de escuchar. Un enorme zumbido de colmena alborotada incidía poco a poco en los nervios, y yo mismo acabé sintiéndome un poco febril y dupliqué mi ración habitual de soda Belgrano. Me dolía un poco no estar del todo en el juego, mirar a esa gente desde fuera, a lo entomólogo. Qué le iba a hacer, es una cosa que me ocurre siempre en la vida, y casi he llegado a aprovechar esta aptitud para no comprometerme en nada.

Cuando volví a la platea todo el mundo estaba ya en su sitio, y molesté a la entera fila para alcanzar mi butaca.

Los músicos entraban desganadamente a escena, y me pareció curioso cómo la gente se había instalado antes que ellos, ávida de escuchar. Miré hacia el paraíso y las galerías altas; una masa negra, como moscas en un tarro de dulce. En las tertulias, más separadas, los trajes de los hombres daban la impresión de bandadas de cuervos; algunas linternas eléctricas se encendían y apagaban, los melómanos provistos de partituras ensayaban sus métodos de iluminación. La luz de la gran lucerna central bajó poco a poco, y en la oscuridad de la sala oí levantarse los aplausos que saludaban la entrada del Maestro. Me pareció curiosa esa sustitución progresiva de la luz por el ruido, y cómo uno de mis sentidos entraba en juego justamente cuando el otro se daba al descanso. A mi izquierda la señora de Jonatán batía palmas con fuerza, toda la fila aplaudía cerradamente; pero a la derecha, dos o tres plateas más allá, vi a un hombre que se estaba inmóvil, con la cabeza gacha. Un ciego, sin duda; adiviné el brillo del bastón blanco, los anteojos inútiles. Sólo él y yo nos negábamos a aplaudir y me atrajo su actitud. Hubiera querido sentarme a su lado, hablarle: alguien que no aplaudía esa noche era un ser digno de interés. Dos filas más adelante, las chicas de Epifanía se rompían las manos, y su padre no se quedaba atrás. El Maestro saludó brevemente, mirando una o dos veces hacia arriba, de donde el ruido bajaba como rolidos para encontrarse con el de la platea y los palcos. Me pareció verle un aire entre interesado y perplejo; su oído debía estarle mostrando la diferencia entre un concierto ordinario y el de unas bodas de plata. Ni qué decir que *La Mer* le valió una ovación apenas algo menor que la obtenida con Strauss, cosa por lo demás comprensible. Yo mismo me dejé atrapar por el último movimiento, con sus fragores y sus inmensos vaivenes sonoros, y aplaudí hasta que me dolieron las manos. La señora de Jonatán lloraba.

—Es tan inefable —murmuró volviendo hacia mí un rostro que parecía salir de la lluvia—. Tan increíblemente inefable...

El Maestro entraba y salía, con su destreza elegante y su manera de subir al podio como quien va a abrir un remate. Hizo levantarse a la orquesta, y los aplausos y los bravos redoblaron. A mi derecha, el ciego aplaudía suavemente, cuidándose las manos, era delicioso ver con qué parsimonia contribuía al homenaje popular, la cabeza gacha, el aire recogido y casi ausente. Los "¡bravo!", que resuenan siempre aisladamente y como expresiones individuales, restallaban desde todas direcciones. Los aplausos habían empezado con menos violencia que en la primera parte del concierto, pero ahora que la música quedaba olvidada y que no se aplaudía *Don Juan* ni *La Mer* (o, mejor, sus efectos), sino solamente al Maestro y al sentimiento colectivo que envolvía la sala, la fuerza de la ovación empezaba a alimentarse a sí misma, crecía por momentos y se tornaba casi insoportable. Irritado, miré hacia la izquierda; vi a una mujer vestida de rojo que corría aplaudiendo por el centro de la platea, y que se detenía al pie del podio, prácticamente a los pies del Maestro. Al inclinarse para saludar otra vez, el Maestro se encontró con la señora de rojo a tan poca distancia que se enderezó sorprendido. Pero de las galerías altas venía un fragor que lo obligó a alzar la cabeza y saludar, como raras veces lo hacía, levantando el brazo izquierdo. Aquello exacerbó el entusiasmo, y a los aplausos se agregaban truenos de zapatos batiendo el piso de las tertulias y los palcos. Realmente era una exageración.

No había intervalo, pero el maestro se retiró a descansar dos minutos, y yo me levanté para ver mejor la sala. El calor, la humedad y la excitación habían convertido a la mayoría de los asistentes en lamentables langostinos sudorosos. Cientos de pañuelos funcionaban como olas de un mar que grotescamente prolongaba el que acabábamos de oír. Muchas personas corrían hacia el foyer, para tragar a toda velocidad una cerveza o una naranjada. Temerosos de perder algo, retornaban a punto de tropezarse con otros que salían, y en la puerta principal de la platea había una confusión considerable. Pero no se producían altercados, la gente se sentía de una bondad infinita, era más bien como un gran reblandecimiento sentimental en que todos se encontraban fraternalmente y se reconocían. La señora de Jonatán, demasiado gorda para maniobrar en su platea, alzaba hasta mí, siempre de pie, un rostro extrañamente semejante a un rabanito. "Inefable" repetía. "Tan inefable."

Casi me alegré de que volviera el Maestro, porque aquella multitud de la que yo formaba parte inexcusablemente me daba entre lástima y asco. De toda esa gente, los músicos y el Maestro parecían los únicos dignos. Y además el ciego a pocas plateas de la mía, rígido y sin aplaudir, con una atención exquisita y sin la menor bajeza.

—La Quinta —me humedeció en la oreja la señora de Jonatán—. El éxtasis de la tragedia.

Pensé que era más bien un título para película, y cerré los ojos. Tal vez buscaba en ese instante asimilarme al ciego, al único ser entre tanta cosa gelatinosa que me rodeaba. Y cuando veía ya pequeñas luces verdes cruzando mis párpados como golondrinas, la primera frase de la Quinta me cayó encima como una pala de excavadora, obligándome a mirar. El Maestro estaba casi hermoso, con su rostro fino y avizor, haciendo despegar la orquesta que zumbaba con todos sus motores. Un gran silencio se había hecho en la sala, sucediendo fulminantemente a los aplausos; hasta creo que el Maestro soltó la máquina antes de que terminaran de saludarlo. El primer movimiento pasó sobre nuestras cabezas con sus fuegos de recuerdo, sus símbolos, su fácil e involuntaria pega-pega. El segundo, magníficamente dirigido, repercutía en una sala donde el aire daba la impresión de estar incendiado pero con un incendio que fuera invisible y frío, que quemara de dentro afuera. Casi nadie oyó el primer grito porque fue ahogado y corto, pero como la muchacha estaba justamente delante de mí, su convulsión me sorprendió y al mismo tiempo la oí gritar, entre un gran acorde de metales y maderas. Un grito seco y breve como de espasmo amoroso o de histeria. Su cabeza se dobló hacia atrás, sobre esa especie de raro unicornio de bronce que tienen las plateas del Corona, y al mismo tiempo sus pies golpearon furiosamente el suelo mientras las personas a su lado la sujetaban por los brazos. Arriba, en la primera fila de tertulia, oí otro grito, otro golpe en el suelo. El Maestro cerró el segundo tiempo y soltó directamente el tercero; me pregunté si un director puede escuchar un grito de la platea, atrapado como está por el primer plano sonoro de la orquesta. La muchacha de la butaca delantera se doblaba ahora poco a poco y alguien (quizá su madre) la sostenía siempre de un brazo. Yo hubiera querido·ayudar, pero menudo lío es meterse en las cosas de la fila de adelante, en pleno concierto y con gentes desconocidas. Quise decirle algo a la señora de Jonatán, por aquello de que las mujeres son las indicadas para atender esa clase de ataques, pero estaba con los ojos fijos en la espalda del Maestro, perdida en la música; me pareció que algo le brillaba debajo de la boca, en la barbilla. De golpe dejé de ver al Maestro, porque la rotunda espalda de un señor de smoking se enderezaba en la fila delantera. Era muy raro que alguien se levantara a mitad del movimiento, pero también eran raros esos gritos y la indiferencia de la gente ante la muchacha histérica. Algo como una mancha roja me obligó a mirar hacia el centro de la platea, y nuevamente vi a la señora que en el intervalo había corrido a aplaudir al pie del podio. Avanzaba lentamente, yo hubiera dicho que agazapada aunque su cuerpo se mantenía erecto, pero era más bien el tono de su marcha, un avance a pasos lentos, hipnóticos, como quien se prepara a dar un salto. Miraba fijamente al Maestro, vi por un instante la lumbre emocionada de sus ojos. Un hombre salió de las filas y se puso a andar tras ella; ahora estaban a la altura de la quinta fila y otras tres personas se les agregaban. La música concluía, saltaban los primeros grandes acordes finales desencadenados por el Maestro con espléndida sequedad, como masas escultóricas surgiendo de una sola vez, altas columnas blancas y verdes, un Karnak de sonido por cuya nave avanzaban. paso a paso la mujer roja y sus seguidores.

Entre dos estallidos de la orquesta oí gritar otra vez, pero ahora el clamor venía de uno de los palcos de la derecha. Y con él los primeros aplausos, sobre la música, incapaces de retenerse por más tiempo, como si en ese jadeo de amor que venían sosteniendo el cuerpo masculino de la orquesta con la enorme hembra de la sala entregada, ésta no hubiera querido esperar el goce viril y se abandonara a su placer entre retorcimientos quejumbrosos y gritos de insoportable voluptuosidad. Incapaz de moverme en mi butaca, sentía a mis espaldas como un nacimiento de fuerzas, un avance paralelo al avance de la mujer de rojo y sus seguidores por el centro de la platea, que llegaban ya bajo el podio en el preciso momento en que el Maestro, igual a un matador que envaina su estoque en el toro, metía la batuta en el último muro de sonido y se doblaba hacia adelante, agotado, como si el aire vibrante lo hubiese corneado con el impulso final. Cuando se enderezó la sala entera estaba de pie y yo con ella, y el espacio era un vidrio instantáneamente trizado por un bosque de lanzas agudísimas, los aplausos y los gritos confundiéndose en una materia insoportablemente grosera y rezumante pero llena a la vez de una cierta grandeza, como una manada de búfalos a la carrera o algo por el estilo. De todas partes confluía el público a la platea, y casi sin sorpresa vi a dos hombres saltar de los palcos al suelo. Gritando como una rata pisoteada la señora de Jonatán había podido desencajarse de su asiento, y con la boca abierta y los brazos tendidos hacia la escena vociferaba su entusiasmo. Hasta ese instante el Maestro había permanecido de espaldas, casi desdeñoso, mirando a sus músicos con probable aprobación. Ahora se dio vuelta, lentamente, y bajó la cabeza en su primer saludo. Su cara estaba muy blanca, como si la fatiga lo venciera, y llegué a pensar (entre tantas otras sensaciones, trozos de pensamientos, ráfagas instantáneas de todo lo que me rodeaba en ese infierno del entusiasmo) que podía desmayarse. Saludó por segunda vez, y al hacerlo miró a la derecha donde un hombre de smoking y pelo rubio acababa de saltar al escenario seguido por otros dos. Me pareció que el Maestro iniciaba un movimiento como para descender del podio, pero entonces reparé en que ese movimiento tenía algo de espasmódico, como de querer librarse. Las manos de la mujer de rojo se cerraban en su tobillo derecho; tenía la cara alzada hacia el Maestro y gritaba, al menos yo veía su boca abierta y supongo que gritaba como los demás, probablemente como yo mismo. El Maestro dejó caer la batuta y se esforzó por soltarse, mientras decía algo imposible de escuchar. Uno de los seguidores de la mujer le abrazaba ya la otra pierna, desde la rodilla, y el Maestro se volvió hacia su orquesta como reclamando auxilio. Los músicos estaban de pie, en una enorme confusión de instrumentos, bajo la luz cegadora de las lámparas de escena. Los atriles caían como espigas a medida que por los dos lados del escenario subían hombres y mujeres de la platea, al punto que ya no podía saber quiénes eran músicos o no. Por eso el Maestro, al ver que un hombre trepaba por detrás del podio, se agarró de él para que lo ayudara a arrancarse de la mujer y sus seguidores que le cubrían ya las piernas con las manos, y en ese momento se dio cuenta de que el hombre no era uno de sus músicos y quiso rechazarlo, pero el otro lo abrazó por la cintura, vi que la mujer de rojo abría los brazos como reclamando, y el cuerpo del Maestro se perdió en un vórtice de gentes que lo envolvían y se lo llevaban amontonadamente. Hasta ese instante yo había mirado todo con una especie de espanto lúcido, por encima o por debajo de lo que estaba ocurriendo, pero en el mismo momento me distrajo un grito agudísimo a mi derecha y vi que el ciego se había levantado y revolvía los brazos como aspas, clamando, reclamando, pidiendo algo. Fue demasiado, entonces ya no pude seguir asistiendo, me sentí partícipe mezclado en ese desbordar del entusiasmo y corrí a mi vez hacia el escenario y salté por un costado, justamente cuando una multitud delirante rodeaba a los violinistas, les quitaba los instrumentos (se los oía crujir y reventarse como enormes cucarachas marrones) y empezaba a tirarlos del escenario a la platea, donde otros esperaban a los músicos para abrazarlos y hacerlos desaparecer en confusos remolinos. Es muy curioso pero yo no tenía ningún deseo de contribuir a esas demostraciones, solamente estar al lado y ver lo que ocurría, sobrepasado por ese homenaje inaudito. Me quedaba suficiente lucidez como para preguntarme por qué los músicos no escapaban a toda carrera por entre bambalinas, y en seguida vi que no era posible porque legiones de oyentes habían bloqueado las dos alas del escenario, formando un cordón móvil que avanzaba pisoteando los instrumentos, haciendo volar los atriles, aplaudiendo y vociferando al mismo tiempo, en un estrépito tan monstruoso que ya empezaba a asemejarse al silencio. Vi correr hacia mí un tipo gordo que traía su clarinete en la mano, y estuve tentado de agarrarlo al pasar o hacerle una zancadilla para que el público pudiera atraparlo. No me decidí, y una señora de rostro amarillento y gran escote donde galopaban montones de perlas me miró con odio y escándalo al pasar a mi lado y apoderarse del clarinetista que chilló débilmente y trató de proteger su instrumento. Se lo quitaron entre dos hombres, y el músico tuvo que dejarse llevar del lado de la platea donde la confusión alcanzaba su pleno.

Los gritos sobrepujaban ahora a los aplausos, la gente estaba demasiado ocupada abrazando y palmeando a los músicos para poder aplaudir, de modo que la calidad del estrépito iba virando a un tono cada vez más agudo, roto aquí y allá por verdaderos alaridos entre los que me pareció oír algunos con ese color especialísimo que da el sufrimiento, tanto que me pregunté si en las carreras y en los saltos no habría tipos quebrándose los brazos y las piernas, y a mi vez me tiré de vuelta a la platea ahora que el escenario estaba vacío y los músicos en posesión de sus admiradores que los llevaban en todas direcciones, parte hacia los palcos, donde confusamente se adivinaban movimientos y revuelos, parte hacia los estrechos pasillos que lateralmente conducen al foyer. Era de los palcos de donde venían los clamores más violentos como

si los músicos, incapaces de resistir la presión y el ahogo
de tantos abrazos, pidieran desesperadamente que los dejaran respirar. La gente de las plateas se amontonaba frente
a las aberturas de los palcos balcón, y cuando corrí por
entre las butacas para acercarme a uno de ellos la confusión parecía mayor, las luces bajaron bruscamente y se
redujeron a una lumbre rojiza que apenas permitía ver
las caras, mientras los cuerpos se convertían en sombras
epilépticas, en un amontonamiento de volúmenes infor-
mes tratando de rechazarse o confundirse unos con otros.
Me pareció distinguir la cabellera plateada del Maestro
en el segundo palco de mi lado, pero en ese instante mismo desapareció como si lo hubieran hecho caer de rodillas.
A mi lado oí un grito seco y violento, y vi a la señora
de Jonatán y a una de las chicas de Epifanía precipitándose
hacia el palco del Maestro, porque ahora yo estaba seguro
de que en ese palco estaba el Maestro rodeado de la mujer
vestida de rojo y sus seguidores. Con una agilidad increíble
la señora de Jonatán puso un pie entre las dos manos
de la chica de Epifanía, que cruzaba los dedos para hacerle
un estribo, y se precipitó de cabeza en el interior del
palco. La chica de Epifanía me miró, reconociéndome, y
me gritó algo, probablemente que la ayudara a subir,
pero no le hice caso y me quedé a distancia del palco,
poco dispuesto a disputarles su derecho a individuos absolutamente enloquecidos de entusiasmo, que se batían
entre ellos a empellones. A Cayo Rodríguez, que se había
distinguido en el escenario por su encarnizamiento en
hacer bajar los músicos a la platea, acababan de partirle
la nariz de una trompada, y andaba titubeando de un lado

a otro con la cara cubierta de sangre. No me dio la menor
lástima, ni tampoco ver al ciego arrastrándose por el suelo,
dándose contra las plateas, perdido en ese bosque simé-
trico sin puntos de referencia. Ya no me importaba nada,
solamente saber si los gritos iban a cesar de una vez porque de los palcos seguían saliendo gritos penetrantes que
el público de la platea repetía y coreaba incansable, mientras cada uno trataba de desalojar a los demás y meterse
por algún lado en los palcos. Era evidente que los pasillos
exteriores estaban atiborrados, pues el asalto mayor se
daba desde la platea misma, tratando de saltar como lo
había hecho la señora de Jonatán. Yo veía todo eso, y
me daba cuenta de todo eso, y al mismo tiempo no tenía el menor deseo de agregarme a la confusión, de modo
que mi indiferencia me producía un extraño sentimiento
de culpa, como si mi conducta fuera el escándalo final
y absoluto de aquella noche. Sentándome en una platea
solitaria dejé que pasaran los minutos, mientras al mar-
gen de mi inercia iba notando el decrecimiento del in-
menso clamor desesperado, el debilitamiento de los gritos
que al fin cesaron, la retirada confusa y murmurante de
parte del público. Cuando me pareció que ya se podía
salir, dejé atrás la parte central de la platea y atravesé
el pasillo que da al foyer. Uno que otro individuo se
desplazaba como borracho, secándose las manos o la boca
con el pañuelo, alisándose el traje, componiéndose el
cuello. En el foyer vi algunas mujeres que buscaban espe-
jos y revolvían en sus carteras. Una de ellas debía haberse
lastimado porque tenía sangre en el pañuelo. Vi salir
corriendo a las chicas de Epifanía; parecían furiosas por

no haber llegado a los palcos, y me miraron como si yo tuviera la culpa. Cuando consideré que ya estarían afuera, eché a andar hacia la escalinata de salida, y en ese momento asomaron al foyer la mujer vestida de rojo y sus seguidores. Los hombres marchaban detrás de ella como antes, y parecían cubrirse mutuamente para que no se viera el destrozo de sus ropas. Pero la mujer vestida de rojo iba al frente, mirando altaneramente, y cuando estuve a su lado vi que se pasaba la lengua por los labios, lenta y golosamente se pasaba la lengua por los labios que sonreían.

II

EL ÍDOLO DE LAS CÍCLADAS

—Me da lo mismo que me escuches o no —dijo So·
moza—. Es así, y me parece justo que lo sepas.

Morand se sobresaltó como si regresara bruscamente
de muy lejos. Recordó que antes de perderse en un vago
fantaseo, había pensado que Somoza se estaba volviendo
loco.

—Perdona, me distraje un momento —dijo—. Admi·
tirás que todo esto... En fin, llegar aquí y encontrarte
en medio de...

Pero dar por supuesto que Somoza se estaba volviendo
loco era demasiado fácil.

—Sí, no hay palabras para eso —dijo Somoza—. Por
lo menos nuestras palabras.

Se miraron un segundo, y Morand fue el primero en
desviar los ojos mientras la voz de Somoza se alzaba otra
vez con el tono impersonal de esas explicaciones que se
perdían en seguida más allá de la inteligencia. Morand
prefería no mirarlo, pero entonces recaía en la contemplación involuntaria de la estatuilla sobre la columna, y
era como volver a aquella tarde dorada de cigarras y de
olor a hierbas en que increíblemente Somoza y él la habían desenterrado en la isla. Se acordaba de cómo Thérèse,
unos metros más allá sobre el peñón desde donde se

alcanzaba a distinguir el litoral de Paros, había vuelto
la cabeza al oír el grito de Somoza,' y tras un segundo
de vacilación había corrido hacia ellos olvidando que
tenía en la mano el corpiño rojo de su *deux pièces*, para
inclinarse sobre el pozo de donde brotaban las manos
de Somoza con la estatuilla casi irreconocible de moho
y adherencias calcáreas, hasta que Morand con una mezcla de cólera y risa le gritó que se cubriera, y Thérèse
se enderezó mirándolo como si no comprendiera, y de
golpe les dio la espalda y escondió los senos entre las
manos mientras Somoza tendía la estatuilla a Morand
y saltaba fuera del pozo. Casi sin transición Morand recordó las horas siguientes, la noche en las tiendas de
campaña a orillas del torrente, la sombra de Thérèse
caminando bajo la luna entre los olivos, y era como si
ahora la voz de Somoza, reverberando monótona en el
taller de escultura casi vacío, le llegara también desde
aquella noche, formando parte de su recuerdo, cuando
le había insinuado confusamente su absurda esperanza
y él, entre dos tragos de vino resinoso, había reído ale-
gremente y lo había tratado de falso arqueólogo y de
incurable poeta.

"No hay palabras para eso", acababa de decir Somoza. "Por lo menos nuestras palabras."

En la tienda de campaña en lo hondo del valle de
Skoros, sus manos habían sostenido la estatuilla y la
habían acariciado para terminar de quitarle su falso ro-
paje de tiempo y de olvido (Thérèse, entre los olivos,
seguía enfurruñada por la reprensión de Morand, por sus
estúpidos prejuicios), y la noche había girado lentamente

mientras Somoza le confiaba su insensata esperanza de llegar alguna vez hasta la estatuilla por otras vías que las manos y los ojos y la ciencia, mientras el vino y el tabaco se mezclaban al diálogo con los grillos y el agua del torrente hasta no dejar más que una confusa sensación de no poder entenderse. Más tarde, cuando Somoza se fue a su tienda llevándose la estatuilla y Thérèse se cansó de estar sola y vino a acostarse, Morand le habló de las ilusiones de Somoza y los dos se preguntaron con amable ironía parisiense si toda la gente del Río de la Plata tendría la imaginación fácil. Antes de dormirse discutieron en voz baja lo ocurrido esa tarde, hasta que Thérèse aceptó las excusas de Morand, hasta que lo besó y fue como siempre en la isla, en todas partes, fueron él y ella y la noche por encima y el largo olvido.

—¿Alguien más lo sabe? —preguntó Morand.

—No. Tú y yo. Era justo, me parece —dijo Somoza—. Casi no me he movido de aquí en los últimos meses. Al principio venía una vieja a arreglar el taller y a lavarme la ropa, pero me molestaba.

—Parece increíble que se pueda vivir así en las afueras de París. El silencio... Oye, pero al menos bajas al pueblo para comprar provisiones.

—Antes sí, ya te dije. Ahora no hace falta. Hay todo lo necesario, ahí.

Morand miró en la dirección que mostraba el dedo de Somoza, más allá de la estatuilla y de las réplicas abandonadas en las estanterías. Vio madera, yeso, piedra, martillos, polvo, la sombra de los árboles contra los cristales. El dedo parecía señalar un rincón del taller donde no había nada, apenas un trapo sucio en el piso.

Pero poco había cambiado en el fondo, esos dos años entre ellos habían sido también un rincón vacío del tiempo, con un trapo sucio que era como todo lo que no se habían dicho y que quizá hubieran debido decirse. La expedición a las islas, una locura romántica nacida en una terraza de café del bulevar Saint-Michèl, había terminado apenas encontraron el ídolo en las ruinas del valle. Tal vez el temor de que los descubrieran les fue limando la alegría de las primeras semanas, y llegó el día en que Morand sorprendió una mirada de Somoza mientras los tres bajaban a la playa, y esa noche habló con Thérèse y decidieron volver lo antes posible, porque estimaban a Somoza y les parecía casi injusto que él empezara —tan imprevisiblemente— a sufrir. En París siguieron viéndose espaciadamente, casi siempre por razones profesionales, pero Morand iba solo a las citas. La primera vez Somoza preguntó por Thérèse, después pareció no importarle. Todo lo que hubieran debido decirse pesaba entre los dos, quizá entre los tres. Morand estuvo de acuerdo en que Somoza guardara por un tiempo la estatuilla. Era imposible venderla antes de un par de años; Marcos, el hombre que conocía a un coronel que conocía a un aduanero ateniense, había impuesto el plazo como condición complementaria del soborno. Somoza se llevó la estatuilla a su departamento, y Morand la veía cada vez que se encontraban. Nunca se habló de que Somoza visitara alguna vez a los Morand, como tantas otras cosas que ya no se mencionaban y que en el fondo eran

siempre Thérèse. A Somoza parecía preocuparle únicamente su idea fija, y si alguna vez invitaba a Morand
a beber un coñac en su departamento no era más que
para volver sobre eso. Nada muy extraordinario, después
de todo Morand conocía demasiado bien los gustos de
Somoza por ciertas literaturas marginales como para extrañarse de su nostalgia. Sólo lo sorprendía el fanatismo
de esa esperanza a la hora de las confidencias casi automáticas y en las que él se sentía como innecesario, la
repetida caricia de las manos en el cuerpecito de la estatua inexpresivamente bella, los ensalmos monótonos
repitiendo hasta el cansancio las mismas fórmulas de
pasaje. Vista desde Morand, la obsesión de Somoza era
analizable: todo arqueólogo se identifica en algún sentido con el pasado que explora y saca a luz. De ahí a
creer que la intimidad con una de esas huellas podía
enajenar, alterar el tiempo y el espacio, abrir una fisura
por donde acceder a... Somoza no empleaba jamás ese
vocabulario; lo que decía era siempre más o menos que
eso, una suerte de lenguaje que aludía y conjuraba desde
planos irreductibles. Ya por ese entonces había empezado
a trabajar torpemente en las réplicas de la estatuilla;
Morand alcanzó a ver la primera antes de que Somoza
se fuera de París, y escuchó con amistosa cortesía los
obstinados lugares comunes sobre la reiteración de los
gestos y las situaciones como vía de abolición, la seguridad de Somoza de que su obstinado acercamiento llegaría a identificarlo con la estructura inicial, en una superposición que sería más que eso porque ya no habría
dualidad sino fusión, contacto primordial (no eran sus

palabras, pero de alguna manera tenía que traducirlas Morand cuando, más tarde, las reconstruía para Thérèse). Contacto que, como acababa de decirle Somoza, había ocurrido cuarenta y ocho horas antes, en la noche del solsticio de junio.

—Sí —admitió Morand, encendiendo otro cigarrillo—. Pero me gustaría que me explicaras por qué estás tan seguro de que... Bueno, de que has tocado fondo.

—Explicar... ¿No lo estás viendo?

Otra vez tendía la mano a una casa del aire, a un rincón del taller, describía un arco que incluía el techo y la estatuilla posada sobre una fina columna de mármol, envuelta por el cono brillante del reflector. Morand se acordó incongruentemente de que Thérèse había pasado la frontera llevando la estatuilla escondida en el perro de juguete fabricado por Marcos en un sótano de Placca.

—No podía ser que no ocurriera —dijo casi puerilmente Somoza—. A cada nueva réplica me acercaba un poco más. Las formas me iban conociendo. Quiero decir que... Ah, necesitaría explicarte durante días enteros... y lo absurdo es que ahí todo entra en un... Pero cuando es esto...

La mano iba y venía, acentuando el *ahí*, el *esto*.

—La verdad es que has llegado a convertirte en un escultor —dijo Morand, oyéndose hablar y encontrándose estúpido—. Las dos últimas réplicas son perfectas. Si alguna vez me dejas tener la estatua, nunca sabré si me has dado el original.

—No te la daré nunca —dijo Somoza simplemente—.

Y no creas que me he olvidado de que es de los dos. Pero no te la daré nunca. Lo único que hubiera querido es que Thérèse y tú me siguieran, que encontraran conmigo. Sí, me hubiera gustado que estuvieran conmigo la noche en que llegué.

Era la primera vez desde hacía casi dos años que Morand le oía mencionar a Thérèse, como si hasta ese momento hubiera estado muerta para él, pero su manera de nombrar a Thérèse era incurablemente antigua, era Grecia aquella mañana en que habían bajado a la playa. Pobre Somoza. Todavía. Pobre loco. Pero aun más extraño era preguntarse por qué a último momento, antes de subir al auto después del llamado de Somoza, había sentido como una necesidad de telefonear a Thérèse a su oficina para pedirle que más tarde viniera a reunirse con ellos en el taller. Tendría que preguntárselo, saber qué había pensado Thérèse mientras escuchaba sus instrucciones para llegar hasta el pabellón solitario en la colina. Que Thérèse repitiera exactamente lo que le había oído decir, palabra por palabra. Morand maldijo en silencio esa manía sistemática de recomponer la vida como restauraba un vaso griego en el museo, pegando minuciosamente los ínfimos trozos, y la voz de Somoza ahí mezclada con el ir y venir de sus manos que también parecían querer pegar trozos de aire, armar un vaso transparente, sus manos que señalaban la estatuilla, obligando a Morand a mirar una vez más contra su voluntad ese blanco cuerpo lunar de insecto anterior a toda historia, trabajado en circunstancias inconcebibles por alguien inconcebiblemente remoto, a miles de años pero

todavía más atrás, en una lejanía vertiginosa de grito
animal, de salto, de ritos vegetales alternando con ma-
reas y sicigias y épocas de celo y torpes ceremonias de
propiciación, el rostro inexpresivo donde sólo la línea
de la nariz quebraba su espejo ciego de insoportable ten-
sión, los senos apenas definidos, el triángulo sexual y los
brazos ceñidos al vientre, el ídolo de los orígenes, del
primer terror bajo los ritos del tiempo sagrado, del hacha
de piedra de las inmolaciones en los altares de las co-
linas. Era realmente para creer que también él se estaba
volviendo imbécil, como si ser arqueólogo no fuera ya
bastante.

—Por favor —dijo Morand—, ¿no podrías hacer un
esfuerzo para explicarme aunque creas que nada de eso
se puede explicar? En definitiva lo único que sé es que
te has pasado estos meses tallando réplicas, y que hace
dos noches...

—Es tan sencillo —dijo Somoza—. Siempre sentí que
la piel estaba todavía en contacto con lo otro. Pero había que desandar cinco mil años de caminos equivocados.
Curioso que ellos mismos, los descendientes de los egeos,
fueran culpables de ese error. Pero nada importa ahora.
Mira, es así.

Junto al ídolo, alzó una mano y la posó suavemente
sobre los senos y el vientre. La otra acariciaba el cuello,
subía hasta la boca ausente de la estatua, y Morand oyó
hablar a Somoza con una voz sorda y opaca, un poco
como si fuesen sus manos o quizá esa boca inexistente
las que hablaban de la cacería en las cavernas del humo,
de los ciervos acorralados, del nombre que sólo debía

decirse después, de los círculos de grasa azul, del juego
de los ríos dobles, de la infancia de Pohk, de la marcha
hacia las gradas del oeste y los altos en las sombras ne-
fastas. Se preguntó si llamando por teléfono en un des-
cuido de Somoza, alcanzaría a prevenir a Thérèse para
que trajera al doctor Vernet. Pero Thérèse ya debía de
estar en camino, y al borde de las rocas donde mugía la
Múltiple, el jefe de los verdes cercenaba el cuerno izquierdo del macho más hermoso y lo tendía al jefe de los
que cuidan la sal, para renovar el pacto con Haghesa.

—Oye, déjame respirar —dijo Morand, levantándose
y dando un paso adelante—. Es fabuloso, y además tengo
una sed terrible. Bebamos algo, puedo ir a buscar un...

—El whisky está ahí —dijo Somoza retirando lentamente las manos de la estatua—. Yo no beberé, tengo
que ayunar antes del sacrificio.

—Una lástima —dijo Morand, buscando la botella—.
No me gusta nada beber solo. ¿Qué sacrificio?

Se sirvió whisky hasta el borde del vaso.

—El de la unión, para hablar con tus palabras. ¿No
los oyes? La flauta doble, como la de la estatuilla que
vimos en el museo de Atenas. El sonido de la vida a
la izquierda, el de la discordia a la derecha. La discordia
es también la vida para Haghesa, pero cuando se cum-
pla el sacrificio los flautistas cesarán de soplar en la caña
de la derecha y sólo se escuchará el silbido de la vida
nueva que bebe la sangre derramada. Y los flautistas
se llenarán la boca de sangre y la soplarán por la caña
de la izquierda, y yo untaré de sangre su cara, ves, así,
y le asomarán los ojos y la boca bajo la sangre.

—Déjate de tonterías —dijo Morand, bebiendo un largo trago—. La sangre le quedaría mal a nuestra muñequita de mármol. Sí, hace calor.

Somoza se había quitado la blusa con un lento gesto pausado. Cuando lo vio que se desabotonaba los pantalones, Morand se dijo que había hecho mal en permitir que se excitara, en consentirle esa explosión de su manía. Enjuto y moreno, Somoza se irguió desnudo bajo la luz del reflector y pareció perderse en la contemplación de un punto del espacio. De la boca entreabierta le caía un hilo de saliva y Morand, dejando precipitadamente el vaso en el suelo, calculó que para llegar a la puerta tendría que engañarlo de alguna manera. Nunca supo de dónde había salido el hacha de piedra que se balanceaba en la mano de Somoza. Comprendió.

—Era previsible —dijo, retrocediendo lentamente—. El pacto con Haghesa, ¿eh? La sangre va a donarla el pobre Morand, ¿no es cierto?

Sin mirarlo, Somoza empezó a moverse hacia él describiendo un arco de círculo, como si cumpliera un derrotero prefijado.

—Si realmente me quieres matar —le gritó Morand, retrocediendo hacia la zona en penumbra—, ¿a qué viene esta *mise en scène*? Los dos sabemos muy bien que es por Thérèse. ¿Pero de qué te va a servir si no te ha querido ni te querrá nunca?

El cuerpo desnudo salía ya del círculo iluminado por el reflector. Refugiado en la sombra del rincón, Morand pisó los trapos húmedos del suelo y supo que ya no podía ir más atrás. Vio levantarse el hacha y saltó como le había enseñado Nagashi en el gimnasio de la Place des Ternes. Somoza recibió el puntapié en mitad del muslo y el golpe nishi en el lado izquierdo del cuello. El hacha bajó en diagonal, demasiado lejos, y Morand repelió elásticamente el torso que se volcaba sobre él y atrapó la muñeca indefensa. Somoza era todavía un grito ahogado y atónito cuando el filo del hacha le cayó en mitad de la frente.

Antes de volver a mirarlo, Morand vomitó en el rincón del taller, sobre los trapos sucios. Se sentía como hueco, y vomitar le hizo bien. Levantó el vaso del suelo y bebió lo que quedaba de whisky, pensando que Thérèse llegaría de un momento a otro y que habría que hacer algo, avisar a la policía, explicarse. Mientras arrastraba por un pie el cuerpo de Somoza hasta exponerlo de lleno a la luz del reflector, pensó que no le sería difícil demostrar que había obrado en legítima defensa. Las excentricidades de Somoza, su alejamiento del mundo, la evidente locura. Agachándose, mojó las manos en la sangre que corría por la cara y el pelo del muerto, mirando al mismo tiempo su reloj pulsera que marcaba las siete y cuarenta. Thérèse no podía tardar, lo mejor sería salir, esperarla en el jardín o en la calle, evitarle el espectáculo del ídolo con la cara chorreante de sangre, los hilillos rojos que resbalaban por el cuello, contorneaban los senos, se juntaban en el fino triángulo del sexo, caían por los muslos. El hacha estaba profundamente hundida en la cabeza del sacrificado, y Morand la tomó sopesándola entre las manos pegajosas. Empujó un poco más el cadáver con un pie hasta dejarlo contra la columna, husmeó el aire y se acercó a la puerta. Lo mejor sería abrirla para que pudiera entrar Thérèse. Apoyando el hacha junto a la puerta empezó a quitarse la ropa porque hacía calor y olía a espeso, a multitud encerrada. Ya estaba desnudo cuando oyó el ruido del taxi y la voz de Thérèse dominando el sonido de las flautas; apagó la luz y con el hacha en la mano esperó detrás de la puerta, lamiendo el filo del hacha y pensando que Thérèse era la puntualidad en persona.

UNA FLOR AMARILLA

Parece una broma, pero somos inmortales. Lo sé por la negativa, lo sé porque conozco al único mortal. Me contó su historia en un bistró de la rue Cambronne, tan borracho que no le costaba nada decir la verdad aunque el patrón y los viejos clientes del mostrador *••* •••ran hasta que el vino se les salía por los ojos. A mí de..ió verme algún interés pintado en la cara, porque se me apiló firme y acabamos dándonos el lujo de una mesa en un rincón donde se podía beber y hablar en paz. Me contó que era jubilado de la municipalidad y que su mujer se había vuelto con sus padres por una temporada, un modo como otro cualquiera de admitir que lo había abandonado. Era un tipo nada viejo y nada ignorante, de cara reseca y ojos de tuberculoso. Realmente bebía para olvidar, y lo proclamaba a partir del quinto vaso de tinto. No le sentí ese olor que es la firma de París pero que al parecer sólo olemos los extranjeros. Y tenía las uñas cuidadas, y nada de caspa.

Contó que en un autobús de la línea 95 había visto a un chico de unos trece años, y que al rato de mirarlo descubrió que el chico se parecía mucho a él, por lo menos se parecía al recuerdo que guardaba de sí mismo a esa edad. Poco a poco fue admitiendo que se le pare-

cía en todo, la cara y las manos, el mechón cayéndole
en la frente, los ojos muy separados, y más aun en la ti-
midez, la forma en que se refugiaba en una revista de
historietas, el gesto de echarse el pelo hacia atrás, la torpeza irremediable de los movimientos. Se le parecía de
tal manera que casi le dio risa, pero cuando el chico
bajó en la rue de Rennes, él bajó también y dejó plantado a un amigo que lo esperaba en Montparnasse. Buscó
un pretexto para hablar con el chico, le preguntó por
una calle y oyó ya sin sorpresa una voz que era su voz
de la infancia. El chico iba hacia esa calle, caminaron
tímidamente juntos unas cuadras. A esa altura una especie de revelación cayó sobre él. Nada estaba explicado
pero era algo que podía prescindir de explicación, que
se volvía borroso o estúpido cuando se pretendía —como
ahora— explicarlo.

Resumiendo, se las arregló para conocer la casa del
chico, y con el prestigio que le daba un pasado de ins-
tructor de boy scouts se abrió paso hasta esa fortaleza
de fortalezas, un hogar francés. Encontró una miseria
decorosa y una madre avejentada, un tío jubilado, dos
gatos. Después no le costó demasiado que un hermano
suyo le confiara a su hijo que andaba por los catorce
años, y los dos chicos se hicieron amigos. Empezó a ir
todas las semanas a casa de Luc; la madre lo recibía
con café recocido, hablaban de la guerra, de la ocupa-
ción, también de Luc. Lo que había empezado como una
revelación se organizaba geométricamente, iba tomando
ese perfil demostrativo que a la gente le gusta llamar
fatalidad. Incluso era posible formularlo con las palabras

de todos los días: Luc era otra vez él, no había mortalidad, éramos todos inmortales.

—Todos inmortales, viejo. Fíjese, nadie había podido
comprobarlo y me toca a mí, en un 95. Un pequeño
error en el mecanismo, un pliegue del tiempo, un avatar
simultáneo en vez de consecutivo. Luc hubiera tenido que
nacer después de mi muerte, y en cambio... Sin contar
la fabulosa casualidad de encontrármelo en el autobús.
Creo que ya se lo dije, fue una especie de seguridad total,
sin palabras. Era eso y se acabó. Pero después empezaron las dudas, porque en esos casos uno se trata de
imbécil o toma _____quilizantes. Y ju_ _ con las dudas,
matándolas una por una, las demostraciones de que no
estaba equivocado, de que no había razón para dudar.
Lo que le voy a decir es lo que más risa les da a esos
imbéciles, cuando a veces se me ocurre contarles. Luc
no solamente era yo otra vez, sino que iba a ser como
yo, como este pobre infeliz que le habla. No había más
que verlo jugar, verlo caerse siempre mal, torciéndose
un pie o sacándose una clavícula, esos sentimientos a flor
de piel, ese rubor que le subía a la cara apenas se le
preguntaba cualquier cosa. La madre, en cambio, cómo
les gusta hablar, cómo le cuentan a uno cualquier cosa
aunque el chico esté ahí muriéndose de vergüenza, las
intimidades más increíbles, las anécdotas del primer dien-
te, los dibujos de los ocho años, las enfermedades...
La buena señora no sospechaba nada, claro, y el tío jugaba conmigo al ajedrez, yo era como de la familia,
hasta les adelanté dinero para llegar a un fin de mes.
No me costó ningún trabajo conocer el pasado de Luc,

bastaba intercalar preguntas entre los temas que interesaban a los viejos: el reumatismo del tío, las maldades de la portera, la política. Así fui conociendo la infancia de Luc entre jaques al rey y reflexiones sobre el precio de la carne, y así la demostración se fue cumpliendo infalible. Pero entiéndame, mientras pedimos otra copa: Luc era yo, lo que yo había sido de niño, pero no se lo imagine como un calco. Más bien una figura análoga, comprende, es decir que a los siete años yo me había dislocado una muñeca y Luc la clavícula, y a los nueve habíamos tenido respectivamente el sarampión y la escarlatina, y además la historia intervenía, viejo, a mí el sarampión me había durado quince días mientras que a Luc lo habían curado en cuatro, los progresos de la medicina y cosas por el estilo. Todo era análogo y por eso, para ponerle un ejemplo al caso, bien podría suceder que el panadero de la esquina fuese un avatar de Napoleón, y él no lo sabe porque el orden no se ha alterado, porque no podrá encontrarse nunca con la verdad en un autobús; pero si de alguna manera llegara a darse cuenta de esa verdad, podría comprender que ha repetido y que está repitiendo a Napoleón, que pasar de lavaplatos a dueño de una buena panadería en Montparnasse es la misma figura que saltar de Córcega al trono de Francia, y que escarbando despacio en la historia de su vida encontraría los momentos que corresponden a la campaña de Egipto, al consulado y a Austerlitz, y hasta se daría cuenta de que algo le va a pasar con su panadería dentro de unos años, y que acabará en una Santa Helena que a lo mejor es una piecita en un sexto

piso, pero también vencido, también rodeado por el agua
de la soledad, también orgulloso de su panadería que
fue como un vuelo de águilas. Usted se da cuenta, no.

Yo me daba cuenta, pero opiné que en la infancia
todos tenemos enfermedades típicas a plazo fijo, y que
casi todos nos rompemos alguna cosa jugando al fútbol.

—Ya sé, no le he hablado más que de las coinci-
dencias visibles. Por ejemplo, que Luc se pareciera a mí
no tenía importancia, aunque sí la tuvo para la revelación en el autobús. Lo verdaderamente importante eran
las secuencias, y eso es difícil de explicar porque tocan
al carácter, a recuerdos imprecisos, a fábulas de la infancia. En ese tiempo, quiero decir cuando tenía la edad
de Luc, yo había pasado por una época amarga que empezó con una enfermedad interminable, después en plena
convalecencia me fui a jugar con los amigos y me rompí
un brazo, y apenas había salido de eso me enamoré de
la hermana de un condiscípulo y sufrí como se sufre
cuando se es incapaz de mirar en los ojos a una chica
que se está burlando de uno. Luc se enfermó también,
apenas convaleciente lo invitaron al circo y al bajar de
las graderías resbaló y se dislocó un tobillo. Poco después su madre lo sorprendió una tarde llorando al lado
de la ventana, con un pañuelito azul estrujado en la
mano, un pañuelo que no era de la casa.

Como alguien tiene que hacer de contradictor en esta
vida, dije que los amores infantiles son el complemento
inevitable de los machucones y las pleuresías. Pero admití
que lo del avión ya era otra cosa. Un avión con hélice
a resorte, que él le había traído para su cumpleaños.

—Cuando se lo di me acordé una vez más del Meccano que mi madre me había regalado a los catorce años, y de lo que me pasó. Pasó que estaba en el jardín, a pesar de que se venía una tormenta de verano y se oían ya los truenos, y me había puesto a armar una grúa sobre la mesa de la glorieta, cerca de la puerta de calle. Alguien me llamó desde la casa, y tuve que entrar un minuto. Cuando volví, la caja del Meccano había desaparecido y la puerta estaba abierta. Gritando desesperado corrí a la calle donde ya no se veía a nadie, y en ese mismo instante cayó un rayo en el chalet de enfrente. Todo eso ocurrió como en un solo acto, y yo lo estaba recordando mientras le daba el avión a Luc y él se quedaba mirándolo con la misma felicidad con que yo había mirado mi Meccano. La madre vino a traerme una taza de café, y cambiábamos las frases de siempre cuando oímos un grito. Luc había corrido a la ventana como si quisiera tirarse al vacío. Tenía la cara blanca y los ojos llenos de lágrimas, alcanzó a balbucear que el avión se había desviado en su vuelo, pasando exactamente por el hueco de la ventana entreabierta. "No se lo ve más, no se lo ve más", repetía llorando. Oímos gritar más abajo, el tío entró corriendo para anunciar que había un incendio en la casa de enfrente. ¿Comprende, ahora? Sí, mejor nos tomamos otra copa.

Después, como yo me callaba, el hombre dijo que había empezado a pensar solamente en Luc, en la suerte de Luc. Su madre lo destinaba a una escuela de artes y oficios, para que modestamente se abriera lo que ella llamaba su camino en la vida, pero ese camino ya estaba abierto y solamente él, que no hubiera podido hablar sin que lo tomaran por loco y lo separaran para siempre de Luc, podía decirle a la madre y al tío que todo era inútil, que cualquier cosa que hicieran el resultado sería el mismo, la humillación, la rutina lamentable, los años monótonos, los fracasos que van royendo la ropa y el alma, el refugio en una soledad resentida, en un bistró de barrio. Pero lo peor de todo no era el destino de Luc; lo peor era que Luc moriría a su vez y otro hombre repetiría la figura de Luc y su propia figura, hasta morir para que otro hombre entrara a su vez en la rueda. Luc ya casi no le importaba; de noche, su insomnio se proyectaba más allá hasta otro Luc, hasta otros que se llamarían Robert o Claude o Michel, una teoría l infinito de pobres diablos repitiendo la figura sin saberlo, convencidos de su libertad y su albedrío. El hombre tenía el vino triste, no había nada que hacerle.

—Ahora se ríen de mí cuando les digo que Luc murió unos meses después, son demasiado estúpidos para entender que... Sí, no se ponga usted también a mirarme con esos ojos. Murió unos meses después, empezó por una especie de bronquitis, así como a esa misma edad yo había tenido una infección hepática. A mí me internaron en el hospital, pero la madre de Luc se empeñó en cuidarlo en casa, y yo iba casi todos los días, y a veces llevaba a mi sobrino para que jugara con Luc. Había tanta miseria en esa casa que mis visitas eran un consuelo en todo sentido, la compañía para Luc, el paquete de arenques o el pastel de damascos. Se acostumbraron a que yo me encargara de comprar los medica-

mentos, después que les hablé de una farmacia donde
me hacían un descuento especial. Terminaron por admi-
tirme como enfermero de Luc, y ya se imagina que en
una casa como ésa, donde el médico entra y sale sin
mayor interés, nadie se fija mucho si los síntomas finales
coinciden del todo con el primer diagnóstico... ¿Por
qué me mira así? ¿He dicho algo que no esté bien?

No, no había dicho nada que no estuviera bien, sobre
todo a esa altura del vino. Muy al contrario, a menos
de imaginar algo horrible la muerte del pobre Luc venía
a demostrar que cualquiera dado a la imaginación puede
empezar un fantaseo en un autobús 95 y terminarlo al
lado de la cama donde se está muriendo calladamente
un niño. Para tranquilizarlo, se lo dije. Se quedó mirando
un rato el aire antes de volver a hablar.

—Bueno, como quiera. La verdad es que en esas semanas después del entierro sentí por primera vez algo
que podía parecerse a la felicidad. Todavía iba cada
tanto a visitar a la madre de Luc, le llevaba un paquete
de bizcochos, pero poco me importaba ya de ella o de la
casa, estaba como anegado por la certidumbre maravillosa de ser el primer mortal, de sentir que mi vida se
seguía desgastando día tras día, vino tras vino, y que
al final se acabaría en cualquier parte y a cualquier hora,
repitiendo hasta lo último el destino de algún desconocido muerto vaya a saber dónde y cuándo, pero yo sí
que estaría muerto de verdad, sin un Luc que entrara
en la rueda para repetir estúpidamente una estúpida vida.
Comprenda esa plenitud, viejo, envídieme tanta felicidad
mientras duró.

Porque, al parecer, no había durado. El bistró y el vino barato lo probaban, y esos ojos donde brillaba una fiebre que no era del cuerpo. Y sin embargo había vivido algunos meses saboreando cada momento de su mediocridad cotidiana, de su fracaso conyugal, de su ruina a los cincuenta años, seguro de su mortalidad inalienable. Una tarde, cruzando el Luxemburgo, vio una flor.

—Estaba al borde de un cantero, una flor amarilla cualquiera. Me había detenido a encender un cigarrillo y me distraje mirándola. Fue un poco como si también la flor me mirara, esos contactos, a veces... Usted sabe, cualquiera los siente, eso que llaman la belleza. Justamente eso, la flor era bella, era una lindísima flor. Y yo estaba condenado, yo me iba a morir un día para siempre. La flor era hermosa, siempre habría flores para los hombres futuros. De golpe comprendí la nada, eso que había creído la paz, el término de la cadena. Yo me iba a morir y Luc ya estaba muerto, no habría nunca más una flor para alguien como nosotros, no habría nada, no habría absolutamente nada, y la nada era eso, que no hubiera nunca más una flor. El fósforo encendido me abrasó los dedos. En la plaza salté a un autobús que iba a cualquier lado y me puse absurdamente a mirar, a mirar todo lo que se veía en la calle y todo lo que había en el autobús. Cuando llegamos al término, bajé y subí a otro autobús que llevaba a los suburbios. Toda la tarde, hasta entrada la noche, subí y bajé de los autobuses pensando en la flor y en Luc, buscando entre los pasajeros a alguien que se pareciera a Luc, a alguien que se pareciera a mí o a Luc, a alguien que pudiera ser yo otra vez, a alguien a quien mirar sabiendo que era yo, y luego dejarlo irse sin decirle nada, casi protegiéndolo para que siguiera por su pobre vida estúpida, su imbécil vida fracasada hacia otra imbécil vida fracasada hacia otra imbécil vida fracasada hacia otra...

Pagué.

SOBREMESA

El tiempo, un niño que juega y mueve los peones.

HERÁCLITO, *fragmento* 59.

Carta del doctor Federico Moraes.

Buenos Aires, martes 15 de julio de 1958.

Señor Alberto Rojas,
Lobos, F.C.N.G.R.
Mi querido amigo:

Como siempre a esta altura del año, me invade un gran deseo de volver a ver a los viejos amigos, tan alejados ya por esas mil razones que la vida nos va obligando a acatar poco a poco. Usted también, creo, es sensible a la amable melancolía de una sobremesa en la que nos hacemos la ilusión de haber sido menos usados por el tiempo, como si los recuerdos comunes nos devolvieran por un rato el verdor perdido.

Naturalmente, cuento con usted en primerísimo término y le envío estas líneas con suficiente antelación como para decidirlo a abandonar por unas horas su finca de Lobos donde el rosedal y la biblioteca tienen para usted más atractivos que todo Buenos Aires. Anímese, y acepte el doble sacrificio de subir al tren y soportar los ruidos de la capital. Cenaremos en casa, como en años anteriores, y estaremos los amigos de siempre, con excepción de... Pero antes prefiero dejar bien establecida la fecha, para que usted se vaya haciendo a la idea; ya ve que lo conozco y que preparo estratégicamente el terreno. Digamos, entonces, el...

Carta del doctor Alberto Rojas.

Lobos, 14 de julio de 1958.

Señor Federico Moraes,
Buenos Aires.
Querido amigo:

Quizá le sorprenda recibir estas líneas tan pocas horas después de nuestra grata reunión en su casa, pero un incidente ocurrido durante la velada me ha afectado de tal manera que me veo precisado a confiarle mi preocupación. Ya sabe que detesto el teléfono y que tampoco me apasiona escribir, pero tan pronto pude pensar a solas en lo sucedido me pareció que lo más lógico y hasta elemental era enviarle esta carta. Para serle franco, si Lobos no estuviera tan alejado de la capital (un hombre viejo y enfermo mide de otra manera los kilómetros) creo que hubiera vuelto hoy mismo a Buenos Aires para conversar con usted de este asunto. En fin, basta de exordios y vamos a los hechos. Pero antes, querido Federico, gracias otra vez por la magnífica cena que nos ofreció como solamente usted sabe hacerlo. Tanto Luis Funes como Barrios y Robirosa coincidieron conmigo en que es usted una de las delicias del género humano (Barrios *dixit*) y un anfitrión insuperable. No le extrañará, pues, que a pesar de lo acontecido guarde todavía la satisfacción un poco nostálgica de esa velada que me permitió alternar una vez más con los viejos amigos y pasar revista a tantos recuerdos que la soledad va limando inapelablemente.

Lo que voy a decirle, ¿es realmente una novedad para usted? Mientras le escribo no puedo dejar de pensar que quizá su condición de dueño de casa lo movió anoche a disimular la incomodidad que debía haberle producido el desagradable incidente entre Robirosa y Luis Funes. Por lo que toca a Barrios, distraído como siempre, no se dio cuenta de nada; saboreaba con harta fruición su café, atento a las anécdotas y a las bromas, y siempre pronto a aportar esa gracia criolla que todos le festejamos tanto. En resumen, Federico, si esta carta no le dice nada de nuevo, mil perdones; de cualquier manera creo que hago bien en escribírsela.

Ya al llegar a su casa me di cuenta de que Robirosa, siempre tan cordial con todo el mundo, se mostraba evasivo cada vez que Funes le dirigía la palabra. Al mismo tiempo noté que Funes era sensible a esa frialdad, y que en varias ocasiones insistía en hablar con Robirosa como si quisiera asegurarse de que su actitud no era el mero producto de una distracción momentánea. Cuando se cuenta con comensales tan brillantes como Barrios, Funes y usted, el relativo silencio de los demás pasa inadvertido y no creo que fuese fácil reparar en que Robirosa sólo aceptaba el diálogo con usted, con Barrios y conmigo, en las raras ocasiones en que preferí hablar a escuchar.

Ya en la biblioteca, nos disponíamos a sentarnos junto al fuego (mientras usted daba algunas instrucciones a su fiel Ordóñez) cuando Robirosa se apartó del grupo, fue hacia una de las ventanas y se puso a tamborilear en los cristales. Yo había cambiado unas frases con Barrios —que se empeña en defender las abominables experiencias nucleares— y me disponía a ubicarme confortablemente cerca de la chimenea; en ese momento giré la cabeza sin ninguna razón especial, y vi que Funes se apartaba a su vez e iba hacia la ventana donde aún permanecía Robirosa. Ya Barrios había agotado sus argumentos y miraba distraídamente un número de *Esquire*, ajeno a lo que ·sucedía más allá. Una rareza acústica de su biblioteca me permitió percibir con una sorprendente claridad las palabras que se decían en voz baja junto a la ventana. Como me parece seguir oyéndolas, las repetiré textualmente. Hubo una pregunta de Funes: "¿Se puede saber qué te pasa, che?", y la respuesta inmediata de Robirosa: "Andá a saber qué nombre caritativo te dan en esa embajada. Para mí no hay más que una manera de llamarte, y no lo quiero hacer en casa ajena."

Lo insólito del diálogo, y sobre todo su tono, me confundieron al punto de que me pareció estar cometiendo una indiscreción y desvié la mirada. En ese mismo momento usted terminaba de hablar con Ordóñez y lo despedía; Barrios se refocilaba con un dibujo· de Varga. Sin volver a mirar hacia la ventana, oí la voz de Funes: "Por lo que más quieras te pido que...", y la de Robirosa, cortándola como un látigo: "Esto ya no se arregla con palabras, che." Usted golpeó amablemente las manos, invitándonos a sentarnos cerca del fuego, y le quitó la revista a Barrios que se empeñaba en admirar una página particularmente atractiva. Entre las bromas y las risas, alcancé todavía a oír que Funes decía: "Por favor, que Matilde no se entere." Vi vagamente que Robirosa se encogía de hombros y le daba la espalda. Usted se había acercado a ellos, y no me sorprendería que hubiese escuchado el final del diálogo. Entonces Ordóñez apareció con los cigarros y el coñac, Funes vino a sentarse a mi lado, y la conversación nos envolvió una vez más y hasta muy tarde.

Mentiría, querido Federico, si no agregara que el incidente bastó para malograrme el fin de una velada tan grata. En estos tiempos de amenazas bélicas, fronteras cerradas y codiciables pozos de petróleo, una acusación semejante adquiere un peso que no hubiera tenido en épocas más felices; el hecho de que naciera de un hombre tan estratégicamente situado en las altas esferas como Robirosa, le da un peso que sería pueril negar, aparte del matiz de admisión que, lo reconocerá usted, se desprende del silencio y la súplica del acusado.

En rigor, lo que pueda haber ocurrido entre nuestros amigos sólo nos concierne indirectamente. En ese sentido estas líneas suplantan un comentario verbal que las circunstancias no me permitieron en el momento. Estimo demasiado a Luis Funes como para no desear haberme equivocado, y pienso que mi aislamiento y la misantropía que todos ustedes me reprochan cariñosamente pueden haber contribuido a la fabricación de un fantasma, de una mala interpretación que dos líneas suyas disiparán tal vez. Ojalá sea así, ojalá se eche usted a reír y me demuestre, en una carta que desde ya espero, que los años me dan en canas lo que me quitan en inteligencia.

Un gran abrazo de su amigo

Alberto Rojas.

Buenos Aires, miércoles 16 de julio de 1958.

Señor Alberto Rojas.

Querido Rojas:

Si se propuso asombrarme, alégrese: triunfo completo. Aunque me resisto a creerlo, por viejo y por escéptico, tengo que admitir sus poderes telepáticos a menos de atribuir su éxito a una casualidad aun más asombrosa. En fin, soy buen jugador, y me parece justo recompensarlo con la plena admisión de mi sorpresa y mi desconcierto. Pues sí, amigo mío: su carta me llegó en el momento exacto en que yo le garabateaba unas líneas, como hago todos los años, para invitarlo a cenar en casa dentro de un par de semanas. Empezaba un párrafo cuando se presentó Ordóñez con un sobre en la mano; reconocí de inmediato el papel gris que usa usted desde que nos conocemos, y la coincidencia me hizo soltar la estilográfica como si fuera un ciempiés. ¡Compañero, a eso le llamo yo hacer blanco a ojos cerrados!

Pero coincidencia aparte le confieso que su broma me ha dejado perplejo. Por lo pronto me maravilla que haya acertado con todos los detalles. Primero, sospechó que

no tardaría en enviarle una invitación para cenar en casa;
segundo (y esto ya me deja estupefacto) dio por sentado
que este año no invitaría a Carlos Frers. ¿Cómo se las
arregló para adivinar mis intenciones? Se me ocurre pensar que alguien del club pudo haberle dicho que Frers y
yo andábamos distanciados después de la cuestión del
Pacto Agrícola; pero por otra parte, usted vive aislado y
sin alternar con nadie... En fin, me inclino ante su genio
analítico, si de análisis se trata. Yo tengo más bien una
impresión de brujería, admirablemente ilustrada por el
recibo de su carta en el preciso momento en que me
disponía a escribirle.

De todas maneras, querido Alberto, su habilísima in-
vención tiene un reverso que me preocupa. ¿Qué objeto
persigue con esa acusación indirecta contra Luis Funes?
Que yo sepa, ustedes han sido siempre muy buenos amigos, aunque la vida nos vaya llevando a todos por caminos
diferentes. Si realmente tiene algo que reprocharle a
Funes, ¿por qué me escribe a mí y no a él? En último
término, ¿por qué no hacer partícipe de su acusación a
Robirosa, dadas las funciones especiales que sus amigos
más íntimos sabemos que desempeña en la Cancillería?
En vez de eso ensaya usted una complicada carambola a
tres bandas, cuyo sentido prefiero no indagar por el momento. Con toda sinceridad le confieso mi desazón frente
a una maniobra que me resisto a creer una mera broma
puesto que toca al honor de uno de nuestros amigos más
queridos. A usted lo he tenido siempre por hombre íntegro
y leal, a quien sus mismas cualidades lo han llevado en
tiempos de corrupción y venalidad a refugiarse en un

finca solitaria, entre libros y flores más puros que nosotros. Y así, aunque me admire e incluso divierta el juego de casualidades o de aciertos de su carta, cada vez que la releo me invade un desasosiego en el que la definición misma de nuestra amistad parece amenazada. Perdóneme la franqueza; o si no me perdona, acláreme el malentendido y liquidemos la cuestión.

Huelga decir que todo esto no altera en nada mi intención de que nos reunamos en mi casa el 30 del corriente, tal como se lo anunciaba en una carta que interrumpió la llegada de la suya. Ya he escrito a Barrios y a Funes, que andan por las provincias, y Robirosa me h........ neado aceptando la invitación. Como las obras maestras no deben quedar ignoradas, no le extrañará que le haya hablado a Robirosa de su extraordinaria broma epistolar. Pocas veces lo he oído reírse con tantas ganas... A mí su carta me divierte menos que a nuestro amigo, y hasta creo que unas líneas suyas me quitarían eso que se da en llamar un peso de encima.

Hasta esas líneas, pues, o hasta que nos veamos en casa.
Muy sinceramente,

Federico Moraes.

Lobos, 18 de julio de 1958.

Señor Federico Moraes.
Querido amigo:

Usted habla de asombro, de casualidades, de triunfos epistolares. Muchas gracias, pero los cumplidos que sólo encubren una mixtificación no son los que prefiero. Si encuentra un tanto fuerte el término, aplíquese en carne propia el sentido crítico que tanto lo ha ilustrado en el foro y la política, y reconocerá que la calificación no es exagerada. O bien, cosa que preferiría, dé por terminada la broma si de broma se trata. Puedo comprender que usted —y quizá el resto de los que asistieron a la cena en su casa— traten de echar tierra sobre algo que alcancé a saber por un azar que deploro profundamente. También puedo comprender que su vieja amistad con Luis Funes lo mueva a fingir que mi carta es una pura broma, a la espera de que yo pesque el hilo y me llame a silencio. Lo que no entiendo es la necesidad de tantas complicaciones entre gentes como usted y yo. Bastaba con pedirme que olvidara lo que escuché en su biblioteca; ya deberían ustedes saber que mi capacidad de olvido es muy grande apenas adquiero la certidumbre de que puede serle útil a alguien.

En fin, pongamos que la misantropía agregue su acíbar a estos párrafos; detrás, querido Federico, está su amigo de siempre. Un tanto desconcertado, eso sí, porque no alcanzo a entender la razón de que quiera reunirnos nuevamente. Además, ¿por qué llevar las cosas a un extremo casi ridículo, y referirse a una supuesta invitación, interrumpida al parecer por la llegada de mi carta? Si no tuviese el hábito de tirar casi todos los papeles que recibo, me complacería en devolverle adjunta su esquela del...

Interrumpí esta carta para cenar. Por el boletín de la radio acabo de enterarme del suicidio de Luis Funes. Ahora comprenderá usted, sin necesidad de más palabras, por qué quisiera no haber sido testigo involuntario de algo que explica bien claramente una muerte que asombrará a otras personas. No creo que entre estas últimas figure nuestro amigo Robirosa, a pesar de la risa que según usted le produjo el contenido de mi carta. Ya ve que a Robirosa no le faltaban razones para sentirse satisfecho de su labor, y presumo que hasta debió complacerle que hubiera un testigo presencial del penúltimo acto de la tragedia. Todos tenemos nuestra vanidad, y quizá a Robirosa le duele a veces que sus altos servicios a la nación se cumplan en el más indiferente de los secretos; por lo demás sabe muy bien que en esta ocasión puede contar con nuestro silencio. ¿Acaso el suicidio de Funes no le da cumplidamente la razón?

Pero ni usted ni yo tenemos motivos para compartir hasta ese punto su alegría. Ignoro las culpas de Funes; en cambio recuerdo al buen amigo, al camarada de otros tiempos mejores y más felices. Usted sabrá decirle a la pobre Matilde todo lo que yo, desde mi encierro, que quizá no hubiera debido violar, siento frente a su desgracia.

Suyo,

Rojas.

Buenos Aires, lunes 21 de julio de 1958.

Señor Alberto Rojas.

De mi consideración:

Recibí su carta del 18 del corriente. Cumplo en avisarle que, en señal de duelo por la muerte de mi amigo Luis Funes, he decidido cancelar la reunión que había proyectado para el 30 del corriente.

Lo saluda atentamente,   Federico Moraes.

LA BANDA

A la memoria de René Crevel, que murió por cosas así.

En febrero de 1947, Lucio Medina me contó un divertido episodio que acababa de sucederle. Cuando en setiembre de ese año supe que había renunciado a su profesión y abandonado el país, pensé oscuramente una relación entre ambas cosas. No sé si a él se le ocurrió alguna vez el mismo enlace. Por si le es útil a la distancia, por si aún anda vivo en Roma o en Birmingham, narro su simple historia con la mayor cercanía posible.

Una ojeada a la cartelera previno a Lucio que en el Gran Cine Ópera daban una película de Anatole Litvak que se le había escapado en la época de su paso por las salas del centro. Le llamó la atención que un cine como el Ópera diera otra vez esa película, pero en el 47 Buenos Aires ya andaba escaso de novedades. A las seis, liquidado su trabajo en Sarmiento y Florida, se largó al centro con el gusto del buen porteño y llegó al cine cuando iba a empezar la función. El programa anunciaba un noticiario, un dibujo animado y la película de Litvak. Lucio pidió una platea en fila doce y compró *Crítica* para evitarse tener que mirar las decoraciones de la sala y los balconcitos laterales que le producían legítimas náuseas. El noticiario empezó en ese momento, y mucha gente entró a la sala mientras bañistas en Miami rivalizan con las sirenas y en Túnez inauguran un dique gigante. A la derecha de Lucio se sentó un cuerpo voluminoso que olía a *Cuero de Rusia* de Atkinson, lo que ya es oler. El cuerpo venía acompañado de dos cuerpos menores que durante un rato bulleron intranquilos y sólo se calmaron a la hora de Donald Duck. Todo eso era corriente en un cine de Buenos Aires, y sobre todo en la sección vermouth.

Cuando se encendieron las luces, borrando un tanto el indescriptible cielo estrellado y nebuloso, mi amigo prologó su lectura de *Crítica* con una ojeada a la sala. Había algo ahí que no andaba bien, algo no definible. Señoras preponderantemente obesas se diseminaban en la platea, y al igual que la que tenía al lado aparecían acompañadas de una prole más o menos numerosa. Le extrañó que gente así sacara plateas en el Ópera, varias de tales señoras tenían el cutis y el atuendo de respetables cocineras endomingadas, hablaban con abundancia de ademanes de neto corte italiano, y sometían a sus niños a un régimen de pellizcos e invocaciones. Señores con el sombrero sobre los muslos (y agarrado con ambas manos) representaban la contraparte masculina de una concurrencia que tenía perplejo a Lucio. Miró el programa impreso, sin encontrar más mención que la de las películas proyectadas y los programas venideros. Por fuera todo estaba en orden.

Desentendiéndose, se puso a leer el diario y despachó los telegramas del exterior. A mitad del editorial su noción del tiempo le insinuó que el intervalo era anormalmente largo, y volvió a echarle una ojeada a la sala. Llegaban parejas, grupos de tres o cuatro señoritas venidas con lo que Villa Crespo o el Parque Lezama estiman elegante, y había grandes encuentros, presentaciones y entusiasmos en distintos sectores de la platea. Lucio empezó a preguntarse si no se habría equivocado, aunque le costaba precisar cuál podía ser su equivocación. En ese momento bajaron las luces, pero al mismo tiempo ardieron brillantes proyectores de escena, se alzó el telón y Lucio vio, sin poder creerlo, una inmensa banda femenina de música formada en el escenario, con un cartelón donde podía leerse: BANDA DE "ALPARGATAS". Y mientras (me acuerdo de su cara al contármelo) jadeaba de sorpresa y maravilla, el director alzó la batuta y un estrépito inconmensurable arrolló la platea so pretexto de una marcha militar.

—Vos comprendés, aquello era tan increíble que me llevó un rato salir de la estupidez en que había caído —dijo Lucio—. Mi inteligencia, si me permitís llamarla así, sintetizó instantáneamente todas las anomalías dispersas e hizo de ella la verdad: una función para empleados y familias de la compañía "Alpargatas", que los ranas del Ópera ocultaban en los programas para vender las plateas sobrantes. Demasiado sabían que si los de afuera nos enterábamos de la banda no íbamos a entrar ni a tiros. Todo eso lo vi muy bien, pero no creas que se me pasó el asombro. Primero que yo jamás me había imaginado que en Buenos Aires hubiera una banda de mujeres tan fenomenal (aludo a la cantidad). Y después que la música que estaban tocando era tan terrible, que el sufrimiento de mis oídos no me permitía coordinar las ideas ni los reflejos. Tenía al mismo tiempo ganas de reírme a gritos, de putear a todo el mundo, y de irme. Pero tampoco quería perder el film del viejo Anatole, che, de manera que no me movía.

La banda terminó la primera marcha y las señoras rivalizaron en el menester de celebrarla. Durante el segundo número (anunciado con un cartelito) Lucio empezó a hacer nuevas observaciones. Por lo pronto la banda era un enorme camelo, pues de sus ciento y pico de integrantes sólo una tercera parte tocaba los instrumentos. El resto era puro chiqué, las nenas enarbolaban trompetas y clarines al igual que las verdaderas ejecutantes, pero la única música que producían era la de sus hermosísimos muslos que Lucio encontró dignos de alabanza y cultivo, sobre todo después de algunas lúgubres experiencias en el Maipo. En suma, aquella banda descomunal se reducía a una cuarentena de sopladoras y tamborileras, mientras el resto se proponía en aderezo visual con ayuda de lindísimos uniformes y caruchas de fin de semana. El director era un joven por completo inexplicable si se piensa que estaba enfundado en un frac que, recortándose como una silueta china contra el fondo oro y rojo de la banda, le daba un aire de coleóptero totalmente ajeno al cromatismo del espectáculo. Este joven movía en todas direcciones una larguísima batuta, y parecía vehementemente dispuesto a ritmar la música de la banda, cosa que estaba muy lejos de conseguir a juicio de Lucio. Como calidad, la banda era una de las peores que había escuchado en su vida. Marcha tras marcha, la audición continuaba en medio del beneplácito general (repito sus términos sarcásticos y esdrújulos), y a cada pieza terminada renacía la esperanza de que por fin el centenar de budincitos se mandara mudar y reinara el silencio bajo la estrellada bóveda del Ópera. Cayó el telón y Lucio tuvo como un ataque de felicidad, hasta reparar en que los proyectores no se habían apagado, lo que lo hizo enderezarse desconfiado en la platea. Y ahí nomás telón arriba otra vez, pero ahora un nuevo cartelón: LA BANDA EN DESFILE. Las chicas se habían puesto de perfil, de los metales brotaba una ululante discordancia vagamente parecida a la marcha *El Tala*, y la banda entera, inmóvil en escena, movía rítmicamente las piernas como si estuviera desfilando. Bastaba con ser la madre de una de las chicas para hacerse la perfecta ilusión del desfile, máxime cuando al frente evolucionaban ocho imponderables churros esgrimiendo esos bastones con borlas que se revolean, se tiran al aire y se barajan. El joven coleóptero abría el desfile, fingiendo caminar con gran aplicación, y Lucio tuvo que escuchar interminables *da capo al fine* que en su opinión alcanzaron a durar entre cinco y ocho cuadras. Hubo una modesta ovación al finalizar, y el telón vino como un vasto párpado a proteger los manoseados derechos de la penumbra y el silencio.

—El asombro se me había pasado —me dijo Lucio— pero ni siquiera durante la película, que era excelente, pude quitarme de encima una sensación de extrañamiento. Salí a la calle, con el calor pegajoso y la gente de las ocho de la noche, y me metí en *El Galeón* a beber un *gin fizz.* De golpe me olvidé por completo de la película de Litvak, la banda me ocupaba como si yo fuera el escenario del Ópera. Tenía ganas de reírme pero estaba enojado, comprendés. Primero que yo hubiera debido acercarme a la taquilla del cine y cantarles cuatro verdades. No lo hice porque soy porteño, lo sé muy bien. Total, qué le vachaché, ¿no te parece? Pero no era eso lo que me irritaba, había otra cosa más profunda. A mitad del segundo copetín empecé a comprender.

Aquí el relato de Lucio se vuelve de difícil transcripción. En esencia (pero justamente lo esencial es lo que se fuga) sería así: hasta ese momento lo había preocupado una serie de elementos anómalos sueltos: el mentido programa, los espectadores inapropiados, la banda ilusoria en la que la mayoría era falsa, el director fuera de tono, el fingido desfile, y él mismo metido en algo que no le tocaba. De pronto le pareció entender aquello en términos que lo excedían infinitamente. Sintió como si le hubiera sido dado ver al fin la realidad. Un momento de la realidad que le había parecido falsa porque era la verdadera, la que ahora ya no estaba viendo. Lo que acababa de presenciar era lo cierto, és decir lo falso. Dejó de sentir el escándalo de hallarse rodeado de elementos que no estaban en su sitio, porque en la misma conciencia de un mundo otro, comprendió que esa visión podía prolongarse a la calle, al *Galeón*, a su traje azul, a su programa de la noche, a su oficina de mañana, a su plan de ahorro, a su veraneo de marzo, a su amiga, a su madurez, al día de su muerte. Por suerte ya no seguía viendo así, por suerte era otra vez Lucio Medina. Pero sólo por suerte.

A veces he pensado que esto hubiera sido realmente interesante si Lucio vuelve al cine, indaga, y descubre la inexistencia de tal festival. Pero es cosa verificable que la banda tocó esa tarde en el Ópera. En realidad no hay por qué andar exagerando las cosas. A lo mejor el cambio de vida y el destierro de Lucio le vienen del hígado o de alguna mujer Y después que no es justo seguir hablando mal de la banda, pobres chicas.

LOS AMIGOS

En ese juego todo tenía que andar rápido. Cuando el Número Uno decidió que había que liquidar a Romero y que el Número Tres se encargaría del trabajo, Beltrán recibió la información pocos minutos más tarde. Tranquilo pero sin perder un instante, salió del café de Corrientes y Libertad y se metió en un taxi. Mientras se bañaba en su departamento, escuchando el noticioso, se acordó de que había visto por última vez a Romero en San Isidro, un día de mala suerte en las carreras. En ese entonces Romero era un tal Romero, y él un tal Beltrán; buenos amigos antes de que la vida los metiera por caminos tan distintos. Sonrió casi sin ganas, pensando en la cara que pondría Romero al encontrárselo de nuevo, pero la cara de Romero no tenía ninguna importancia y en cambio había que pensar despacio en la cuestión del café y del auto. Era curioso que al Número Uno se le hubiera ocurrido hacer matar a Romero en el café de Cochabamba y Piedras, y a esa hora; quizá, si había que creer en ciertas informaciones, el Número Uno ya estaba un poco viejo. De todos modos la torpeza de la orden le daba una ventaja: podía sacar el auto del garaje, estacionarlo con el motor en marcha por el lado de Cochabamba, y quedarse esperando a que Romero llegara como siempre a encontrarse con los amigos a eso de las siete de la tarde. Si todo salía bien evitaría que Romero entrase en el café, y al mismo tiempo que los del café vieran o sospecharan su intervención. Era cosa de suerte y de cálculo, un simple gesto (que Romero no dejaría de ver, porque era un lince), y saber meterse en el tráfico y pegar la vuelta a toda máquina. Si los dos hacían las cosas como era debido —y Beltrán estaba tan seguro de Romero como de él mismo— todo quedaría despachado en un momento. Volvió a sonreír pensando en la cara del Número Uno cuando más tarde, bastante más tarde, lo llamara desde algún teléfono público para informarle de lo sucedido.

Vistiéndose despacio, acabó el atado de cigarrillos y se miró un momento al espejo. Después sacó otro atado del cajón, y antes de apagar las luces comprobó que todo estaba en orden. Los gallegos del garaje le tenían el Ford como una seda. Bajó por Chacabuco, despacio, y a las siete menos diez se estacionó a unos metros de la puerta del café, después de dar dos vueltas a la manzana esperando que un camión de reparto le dejara el sitio. Desde donde estaba era imposible que los del café lo vieran. De cuando en cuando apretaba un poco el acelerador para mantener el motor caliente; no quería fumar, pero sentía la boca seca y le daba rabia.

A las siete menos cinco vio venir a Romero por la vereda de enfrente; lo reconoció en seguida por el chambergo gris y el saco cruzado. Con una ojeada a la vitrina del café, calculó lo que tardaría en cruzar la calle y llegar hasta ahí. Pero a Romero no podía pasarle nada a tanta distancia del café, era preferible dejarlo que cruzara la calle y subiera a la vereda. Exactamente en ese momento, Beltrán puso el coche en marcha y sacó el brazo por la ventanilla. Tal como había previsto, Romero lo vio y se detuvo sorprendido. La primera bala le dio entre los ojos, después Beltrán tiró al montón que se derrumbaba. El Ford salió en diagonal, adelantándose limpio a un tranvía, y dio la vuelta por Tacuarí. Manejando sin apuro, el Número Tres pensó que la última visión de Romero había sido la de un tal Beltrán, un amigo del hipódromo en otros tiempos.

EL MÓVIL

No me lo van a creer, es como en las cintas de biógrafo, las cosas son como vienen y vos las tenés que aceptar, si no te gusta te vas y la plata nadie te la devuelve. Como quien no quiere ya son veinte años y el asunto está más que prescrito, así que lo voy a contar y el que crea que macaneo se puede ir a freír buñuelos.

A Montes lo mataron en el bajo una noche de agosto. A lo mejor era cierto que Montes le había faltado a una mujer, y que el macho se lo cobró con intereses. Lo que yo sé es que a Montes lo mataron de atrás, de un tiro en la cabeza, y eso no se perdona. Montes y yo éramos carne y uña, siempre juntos en la timba y el café del negro Padilla, pero ustedes no se han de acordar del negro. También a él lo mataron, un día si quieren les cuento.

La cosa es que cuando me avisaron ya Montes había espichado y a gatas llegué para ver cómo la hermana se le tiraba encima y le daba la pataleta. Yo lo miré un rato a Montes que estaba con los ojos abiertos, y le juré que el otro no se la iba a llevar de arriba. Esa noche hablé con Barros y aquí es donde el cuento les va a parecer macana. La cuestión es que Barros había sido el primero en llegar cuando se oyó el tiro, y lo encontró

a Montes boqueando al lado de un paraíso. Barros que
era una luz hizo lo imposible para que le dijera quién
había sido. Montes quería hablar pero con un plomo
en la cabeza no debe ser nada fácil, así que Barros no
le pudo sacar gran cosa. De todas maneras Montes le
alcanzó a decir, fíjense lo que es el delirio de un mori-
bundo, algo así como "él del brazo azul", y después dijo
una palabra que debía ser "tatuaje", y por ahí sacamos
que el mozo era marinero y gracias. Dénse cuenta, con
lo fácil que era decir López o Fernández, pero con un
balazo en el coco a cualquiera se la doy. A lo mejor
Montes no sabía cómo se llamaba el otro, los tatuajes
se ven pero un nombre hay que averiguarlo y en una
de esas es de grupo.

Ahora ustedes se van a reír cuando les diga que ocho
días después Barros y yo lo localizamos al tipo, mientras la mejor del mundo seguía meta batidas al cuete
en el puerto y por todas partes. Nosotros teníamos nuestros rebusques, y no los voy a cansar con detalles. Pero
no es de eso que se van a reír, se van a reír de que
el batidor no nos pudo dar la filiación del tipo, en cambio nos avisó que rajaba en un barco francés y que no
iba de marinero, iba de pasajero y dénse cuenta qué
lujo. Por ahí sacamos que el mozo estaba retirado de
la profesión, pero aprovechaba que conocía mundo para
hacerse humo. Lo único que sabíamos era que viajaba
de tercera y que era argentino. No hay que extrañarse,
un gringo no lo hubiera podido a Montes, pero lo más
raro del caso es que el batidor no nos pudo conseguir
el apellido del mozo. Mejor dicho le dieron uno que

después resultó que no figuraba entre los pasajeros. La gente a veces tiene miedo, che, y a lo mejor el tipo que por treinta nacionales le pasó el dato a nuestro batidor, le macaneó el nombre para curarse en salud. O andá a saber si el mozo a última hora no consiguió otros papeles. La cosa es que ahora sigue el biógrafo, porque yo y Barros hablamos toda una noche, y a la mañana me constituí en el Departamento y empecé con los papeles. En aquel entonces no daba tanto trabajo conseguir el pasaporte. Bueno, abreviando detalles la cosa es que en el comité me palanquearon el pasaje, y una noche a las diez este cuerpo estaba a bordo con destino a Marsella, que es un apeadero de los franchutes. Ya les estoy viendo la cara pero paciencia. Si quieren no lo sigo. Y bueno, entonces echá más caña y háganse de cuenta que están leyendo el conde de montecristo. Ya les previne de entrada que estos casos no les ocurren a todos, aparte que eran otros tiempos.

En el barco que iba casi vacío me dieron para mí solo un camarote con cuatro camas, fíjense qué lujo. Podía poner la ropa bien estirada, y me sobraba lugar. ¿Ustedes viajaron a Europa, muchachos? Lo digo por reírme. Mirá, es así: los camarotes daban a un pasillo, y por el pasillo se iba a un cafecito que había en una punta; por el otro lado trepabas una escalera y subías adelante del barco. La primera noche me la pasé en la cubierta, mirando Buenos Aires que se perdía de a poco. Pero al otro día empecé a vichar alrededor. En Montevideo no se bajó nadie, el barco ni atracó siquiera. Cuando le metimos mar afuera, me aguanté los corcovos que me hacían las tripas y que no se los deseo. La cosa no iba a ser difícil porque en el café todo se sabe en seguida y resultó que de los veintitantos de tercera había como quince polleras, y el resto eran casi todos gallegos y tanos. No había más que tres argentinos sin contarme a mí, y ya al rato estábamos los cuatro pegándole al truco y a la cerveza.

De los tres uno ya era viejo, aunque le hubiera podido dar un susto al más pintado. Los otros dos andaban por los treinta como yo. En seguida estuvimos como chanchos con Pereyra, pero Lamas era más reservado y parecía medio tristón. Yo paraba la oreja para ver cuál de los tres hablaba con el lunfardo de los marineros, y por ahí les soltaba comentarios a propósito del barco para ver si alguno pisaba el palito. Al rato ya me di cuenta que iba por mal camino, y que el interesado se cuidaba como de mearse en la cama. Decían cada pavada sobre el barco que hasta yo me daba cuenta. Y a todo esto hacía un frío bárbaro y nadie se sacaba el saco ni la tricota.

Ya los tres me habían dicho que iban a Marsella, de modo que en el Brasil estuve bien atento, pero era cierto y ninguno se las tomó. Cuando empezó a apretar el calor me puse en camiseta para dar el ejemplo, pero ellos andaban en mangas de camisa, y se las arrollaban hasta el codo nada más. El viejo Ferro se reía al verme afilar con la camarera, y me felicitaba por todos los colchones que tenía en el camarote. Pereyra se tiraba también su buen lance, y la Petrona que era una galleguita viva nos tenía a los dos a mal traer. Y no hablemos de cómo se movía el barco, y la puerca comida que nos daban.

Cuando me pareció que Pereyra atropellaba a fondo con la Petrona, tomé mis disposiciones. Apenas me la topé en el pasillo le dije que en mi camarote estaba entrando el agua. Me creyó y le cerré la puerta apenas estuvo adentro. Al primer manotón me tiró una cachetada, pero riéndose. Después estuvo mansita como oveja. Calculen con todas esas camas, como decía Ferro. En realidad esa noche no hicimos gran cosa, pero al otro día me le afirmé de veras, y la verdad es que gallega y todo valía la pena. Pucha si valía.

De pasada se lo dije a Lamas y a Pereyra, que al principio no lo querían creer o se hacían los asombrados. Lamas se quedó callado como siempre, pero Pereyra estaba embalado y le vi las intenciones. Me hice el sonso y se fue con todo lo que tenía. Esa noche la Petrona me faltó al camarote, yo los había visto ya charlando del lado de los baños. Les parecerá raro que la galleguita me largara tan pronto, y va a ser mejor que les diga todo. Con un canario y la promesa de otro si me conseguía la información necesaria, la Petrona había agarrado viaje al galope. Se imaginarán que no le dije por qué quería saber si Pereyra tenía alguna marca en el brazo; le hablé de una apuesta, de cualquier pavada. Nos reíamos como locos.

A la mañana siguiente charlé largo con Lamas, sentados en un rollo de sogas que había adelante del barco. Me dijo que iba a Francia a trabajar de ordenanza en la embajada, o una cosa así. Era un tipo callado, medio tristón, pero conmigo se franqueaba bastante. Yo le buscaba los ojos, y de repente se me pasaba por la memoria la cara de Montes muerto, los gritos de la hermana, el velorio cuando lo devolvieron de la autopsia. Me daban ganas de acorralarlo a Lamas y preguntarle derecho viejo si había sido él. Pero qué hubiera ganado, en esa forma lo echaba todo a perder. Mejor esperar que la Petrona cayera por mi camarote.

A eso de las cinco me golpeó la puerta. Venía muerta de risa y de entrada me anunció que Pereyra no tenía nada en los brazos. "Me sobró tiempo para mirarlo por todos lados", dijo, y se reía como loca. Yo pensé en Lamas que me había resultado el más simpático, y me di cuenta de lo infeliz que es uno por dejarse llevar así. Qué simpático ni qué carajo. Si Ferro y Pereyra quedaban afuera, no había vuelta que darle. De pura bronca la tumbé ahí nomás a la Petrona, que no quería, y le di unos chirlos para activar la desvestida. No la largué hasta la hora de comer, y eso para no comprometerla con los tipos del buque que ya la andarían buscando. Quedamos en que volvería al otro día por la tarde, y me fui a comer. Nos habían puesto a los cuatro criollos en una mesa, lejos de los gallegos y los tanos, y yo lo tenía de frente a Lamas. No saben lo que me costaba mirarlo natural, pensando en Montes. Ahora ya no extrañaba que lo hubiera ventajeado a Montes, a cualquiera lo sobraba con ese aire reconcentrado que inspiraba confianza. A Pereyra ya ni lo tenía en cuenta, pero al final me llamó la atención que no decía nada de la Petrona, él que antes se la pasaba anunciando cómo se iba a encamar con la galleguita. Se me vino a la cabeza que tampoco ella me había hablado mucho del mozo, fuera de decirme lo importante. Por las dudas me quedé de guardia con la puerta entornada, y a eso de la medianoche la vi que se metía en el camarote de Pereyra. Me acosté y me quedé pensando.

Al otro día la Petrona no vino. La arrinconé en uno de los cuartos de baño y le pregunté qué le pasaba. Dijo que nada, que andaba con mucho trabajo.

—¿Anoche volviste con Pereyra? —le pregunté de sopetón.

—¿Yo? ¿Por qué? No, no volví —me mintió.

Que a uno le saquen la mujer no es para reírse, pero si encima de eso la culpa la tenés vos, se imaginarán que no le veía la gracia. Cuando la apremié para que me viniera a ver esa misma noche, se puso a llorar y dijo que el cabo o el capataz de a bordo la tenía entre ojos y se sospechaba lo ocurrido, que no quería perder el conchabo, y otras bolas parecidas. Creo que fue en ese momento que me di cuenta de la cosa y me quedé pensando. De la gallega no me importaba mucho, aunque el amor propio me comía la sangre. Pero había otras cosas más serias, y tuve toda la noche para pensarlas. La noche aquella también me sirvió para verla a la Petrona cuando se colaba de nuevo en el camarote de Pereyra.

Al otro día me las arreglé para charlar con el viejo Ferro. Hacía rato que no le desconfiaba, pero quería estar seguro. Me repitió con detalles que iba a Francia a visitar a su hija que se había casado con un franchute y tenía una punta de hijos. El viejo quería ver a los nietos antes de espichar, y andaba con la billetera llena de fotos de la familia. Pereyra se presentó tarde y con cara de dormido. También... Y Lamas andaba con un método para aprender el francés. Fíjense que compañía, che.

La cosa siguió así hasta la víspera de llegar a Marsella. Aparte de acorralarla una o dos veces en los pasillos, no pude conseguir que la Petrona volviera a mi camarote. Ya ni se acordaba de la plata prometida, y eso que se la mencionaba cada vez. Como ponía cara de asco al oír hablar de los pesos que le debía, me afirmé en mi idea y vi todo bien clarito. La noche antes de llegar me la encontré tomando fresco en la cubierta. Pereyra estaba al lado y se hizo el inocente al verme pasar. Yo esperé la ocasión y a la hora de ir a dormir la atajé a la galleguita que andaba muy atareada.

—¿No vas a venir? —le pregunté, haciéndole una caricia en las ancas.

Se echó atrás como si hubiera visto al diablo, pero después disimuló.

—No puedo —dijo—. Ya te expliqué que me tienen vigilada.

Me daban ganas de partirle la jeta de un revés, para que no siguiera tomándome pal churrete, pero me contuve. Ya no quedaba tiempo para pavadas.

—Decime —le pregunté—. ¿Estás bien segura de lo que me dijiste de Pereyra? Mirá que es importante, y a lo mejor no te fijaste bien.

Le vi en los ojos las ganas de reírse que tenía, mezcladas con miedo.

—Pero sí, ya te dije que no tenía nada. ¿Qué querés, que vaya otra vez con él para estar más segura?

Y se sonreía, la muy perra, convencida de que yo estaba en la luna. Le pegué un chirlo liviano y me volví al camarote. Ahora no me interesaba espiar si la Petrona se metía en lo de Pereyra.

Por la mañana ya tenía mi valija lista y lo necesario en la faja. El franchute que atendía el café champurreaba un poco el español y me había explicado que al llegar a Marsella la policía subía a bordo y revisaba los documentos. Recién después de eso daban permiso de desembarco. Nos pusimos todos en fila, y fuimos pasando de a uno para mostrar los papeles. Yo lo dejé ir primero a Pereyra, y cuando estábamos del otro lado lo agarré del brazo y lo invité a despedirnos en mi camarote con un trago de caña. Como ya la había probado y le gustaba, vino en seguida. Cerré la puerta con pasador y me quedé mirándolo.

—¿Y la caña? —dijo él, pero cuando vio lo que tenía en la mano se puso blanco y se echó atrás—. No seas animal... Por una mujer como esa... —me alcanzó a decir.

El camarote resultaba estrecho, tuve que saltar por encima del finado para tirar el facón al agua. Aunque ya sabía que era al ñudo, me agaché para ver si la Petrona no me había mentido. Agarré la valija, cerré con llave el camarote y salí. Ferro ya estaba en la planchada y me saludó a gritos. Lamas esperaba turno, callado como siempre. Me le acerqué y le dije un par de cosas a la oreja. Creí que se iba a caer redondo, pero no era más que la impresión. Pensó un momento y estuvo de acuerdo. Yo sabía hacía rato que iba a estar de acuerdo. Secreto por secreto, los dos cumplimos. De él nunca supe más nada, después que me acomodó entre sus amigos franchutes. A los tres años ya pude volverme. Tenía unas ganas de ver Buenos Aires...

TORITO

A la memoria de don Jacinto Cúcaro, que en las clases de pedagogía del Normal "Mariano Acosta", allá por el año 30, nos contaba las peleas de Suárez.

Qué le vas a hacer, ñato, cuando estás abajo todos te fajan. Todos, che, hasta el más maula. Te sacuden contra las sogas, te encajan la biaba. Andá, andá, qué venís con consuelos, vos. Te conozco, mascarita. Cada vez que pienso en eso, salí de ahí, salí. Vos te creés que yo me desespero, lo que pasa es que no doy más aquí tumbado todo el día. Pucha que son largas las noches de invierno, te acordás del pibe del almacén cómo lo cantaba. Pucha que son largas... Y es así, ñato. Más largas que esperanza'e pobre. Fijáte que yo a la noche casi no la conozco, y venir a encontrarla ahora... Siempre a la cama temprano, a las nueve o a las diez. El patrón me decía: "Pibe, andáte al sobre, mañana hay que meterle duro y parejo." Una noche que me le escapaba era una casualidad. El patrón... Y ahora todo el tiempo así, mirando el techo. Ahí tenés otra cosa que no sé hacer, mirar p'arriba. Todos dijeron que me hubiera convenido, que hice la gran macana de levantarme a los dos segundos, cabrero como la gran flauta. Tienen ra-

zón, si me quedo hasta los ocho no me agarra tan mal
el rubio.

Y bueno, es así. Pa peor la tos. Después te vienen
con el jarabe y los pinchazos. Pobre la hermanita, el
trabajo que le doy. Ni mear solo puedo. Es buena la
hermanita, me da leche caliente y me cuenta cosas. Quién
te iba a decir, pibe. El patrón me llamaba siempre pibe.
Dale áperca, pibe. A la cocina, pibe. Cuando pelié con
el negro en Nueva York el patrón andaba preocupado.
Yo lo juné en el hotel antes de salir. "Lo fajás en seis
rounds, pibe", pero fumaba como loco. El negro, cómo
se llamaba el negrito, Flores o algo así. Duro de pelar,
che. Un estilo lindo, me sacaba distancia vuelta a vuelta.
Áperca, pibe, metéle áperca. Tenía razón el trompa. Al
tercero se me vino abajo como un trapo. Amarillo, el
negro. Flores, creo, algo así. Mirá cómo uno se ensarta,
al principio me pareció que el rubio iba a ser más fácil.
Lo que es la confianza, ñato. Me barajó de una piña
que te la debo. Me agarró en frío el maula. Pobre patrón, no quería creer. Con qué bronca me levanté. Ni
sentía las piernas, me lo quería comer ahí nomás. Mala
suerte, pibe. Todo el mundo cobra a la final. La noche
del Tani, te acordás pobre Tani, qué biaba. Se veía que el
Tani estaba de vuelta. Guapo el indio, me sacudía con
todo, dale que va, arriba, abajo. No me hacía nada,
pobre Tani. Y eso que cuando lo fui a saludar al rincón
me dolía bastante la cara, al fin y al cabo me arrimó
una buena leñada. Pobre Tani, vos sabés que me miró,
yo le puse el guante en la cabeza y me reía de contento, no me quería reír, te imaginás que no era de él.

pobre pibe. Me miró apenas, pero me hizo no sé qué.
Todos me agarraban, pibe lindo, pibe macho, ah criollo,
y el Tani quieto entre los de él, más chatos que cinco'e
queso. Pobre Tani. Por qué me acuerdo de él, decime
un poco. A lo mejor yo lo miré así al rubio esa noche.
Qué sé yo, para acordarme estaba. Qué biaba, hermano.
Ahora no vas a andar disimulando. Te fajó y se acabó.
Lo malo que yo no quería creer. Estaba acostado en el
hotel, y el patrón fumaba y fumaba, casi no había luz.
Me acuerdo que hacía calor. Después me pusieron hielo,
fijáte un poco yo con hielo. El trompa no decía nada,
lo malo que no decía nada. Te juro que tenía ganas
de llorar, como cuando ella... Pero para qué te vas
a hacer mala sangre. Si llego a estar solo, te juro que
moqueo. "Mala pata, patrón", le dije. Qué más le iba
a decir. Él dale que dale al tabaco. Fue suerte dormirme. Como ahora, cada vez que agarro el sueño me saco
la lotería. De día tenés la radio que trajo la hermanita,
la radio que... Parece mentira, ñato. Bueno, te oís unos
tanguitos y las transmisiones de los teatros. ¿Te gusta
Canaro a vos? A mí Fresedo, che, y Pedro Maffia. Si
los habré visto en el ringside, me iban a ver todas las
veces. Podés pensar en eso, y se te acortan las horas.
Pero a la noche qué lata, viejo. Ni la radio, ni la hermanita, y en una de esas te agarra la tos, y dale que
dale, y por ahí uno de otra cama se rechifla y te pega
un grito. Pensar que antes... Fijáte que ahora me ca-
breo más que antes. En los diarios salía que yo de pibe
los peleaba a los carreros en la Quema. Puras macanas,
che, nunca me agarré a trompadas en la calle. Una o

dos veces, y no por mi culpa, te juro. Me podés creer.
Cosas que pasan, estás con la barra, caen otros y en
una de esas se arma. No me gustaba, pero cuando me
metí la primera vez me di cuenta que era lindo. Claro,
cómo no va a ser lindo si el que cobraba era el otro.
De pibe yo peleaba de zurda, no sabés lo que me gustaba fajar de zurda. Mi vieja se descompuso la primera
vez que me vio pelearme con uno que tenía como treinta años. Se creía que me iba a matar, pobre vieja.
Cuando el tipo se vino al suelo no lo quería creer. Te
voy a decir que yo tampoco, creéme que las primeras
veces me parecía cosa de suerte. Hasta que el amigo
del trompa me fue a ver al club y me dijo que había
que seguir. Te acordás de esos tiempos, pibe. Qué pestos.
Había cada pesado que te la voglio dire. "Vos metele
nomás", decía el amigo del patrón. Después hablaba de
profesionales, del Parque Romano, de River. Yo qué sabía, si nunca tenía cincuenta guitas para ir a ver nada.
También la noche que me dio veinte pesos, qué alegrón.
Fue con Tala, o con aquel flaco zurdo, ya ni me acuerdo. Lo saqué en dos vueltas, ni me tocó. Vos sabés que
siempre mezquiné la cara. Si me llego a sospechar lo
del rubio... Vos creés que tenés la pera de fierro, y
en eso te la hacen sonar de una piña. Qué fierro ni que
ocho cuartos. Veinte pesos, pibe, imagináte un poco. Le
di cinco a la vieja, te juro que de compadre, pa mostrarle. La pobre me quería poner agua de azahar en la
muñeca resentida. Cosas de la vieja, pobre. Si te fijás,
fue la única que tenía esas atenciones, porque la otra...
Ahí tenés, apenas pienso en la otra, ya estoy de vuelta

en Nueva York. De Lanús casi no me acuerdo, se me
borra todo. Un vestido a cuadritos, sí, ahora veo, y el
zaguán de Don Furcio, y también las mateadas. Cómo
me tenían en esa casa, los pibes se juntaban a mirarme
por la reja, y ella siempre pegando algún recorte de
Crítica o de *Última Hora* en el álbum que había empezado, o me mostraba las fotos del *Gráfico*. ¿Vos nunca
te viste en foto? Te hace impresión la primera vez, vos
pensás pero ése soy yo, con esa cara. Después te das
cuenta que la foto es linda, casi siempre sos vos que
estás fajando, o al final con el brazo levantado. Yo
venía con mi Graham Paige, imaginate, me empilchaba
para ir a verla, y el barrio se alborotaba. Era lindo matear en el patio, y todos me preguntaban qué sé yo cuánta
cosa. Yo a veces no podía creer que era cierto, de noche
antes de dormirme me decía que estaba soñando. Cuando le compré el terreno a la vieja, qué barullo que hacían
todos. El trompa era el único que se quedaba tranquilo.
"Hacés bien, pibe", decía, y dale al tabaco. Me parece
estarlo viendo la primera vez, en el club de la calle Lima.
No, era en Chacabuco, esperá que no me acuerdo, pero
si era en Lima, infeliz, no te acordás del vestuario todo
de verde, con más mugre... Esa noche el entrenador
me presentó al patrón, resultaba que eran amigos, cuando me dijo el nombre casi me agarro de las sogas, apenas lo vi que me miraba yo pensé: "Vino para verme
pelear", y cuando el entrenador me lo presentó me quería morir. Él no me había dicho nunca nada, de puro
rana, pero hizo bien, así yo iba subiendo despacio, sin
engolosinarme. Como el pobre zurdito, que lo llevaron

a River en un año, y en dos meses se vino abajo que daba miedo. En ese entonces no era macana, pibe. Te venía cada tano de Italia, cada gallego que te daba miedo, y no te digo nada de los rubios. Claro que a veces la gozabas, como la vez del príncipe. Eso fue un plato, te juro, el príncipe en el ringside y el patrón que me dice en el camarín: "No te andés con vueltas, no te vayas a dejar vistear que para eso los yonis son una luz", y te acordás que decían que era el campeón de Inglaterra, o qué sé yo qué cosa. Pobre rubio, lindo pibe. Me daba no sé qué cuando nos saludamos, el tipo chamuyó una cosa que andá a entendele, y parecía que te iba a salir a pelear con galera. El patrón no te vayas a creer que estaba muy tranquilo, te puedo decir que él nunca se daba cuenta de cómo yo lo palpitaba. Pobre trompa, se creía que no me daba cuenta. Che, y el príncipe ahí abajo, eso fue grande, a la primera finta que me hace el rubio le largo la derecha en gancho y se la meto justo justo. Te juro que me quedé frío cuando lo vi patas arriba. Qué manera de dormir, pobre tipo. Esa vez no me dio gusto ganar, más lindo hubiera sido una linda agarrada, cuatro o cinco vueltas como con el Tani o con el yoni aquél, Herman se llamaba, uno que venía con un auto colorado y una pinta bárbara. Cobró, pero fue lindo. Qué leñada, mama mía. No quería aflojar y tenía más mañas que... Ahora que para mañas el Brujo, che. De dónde me lo fueron a sacar a ése. Era uruguayo, sabés, ya estaba acabado pero era peor que los otros, se te pegaba como sanguijuela y andá sacátelo de encima. Meta forcejeo, y el tipo con el guante por los ojos, pucha me daba una bronca.

Al final lo fajé feo, me dejó un claro y lo entré con unas
ganas... Muñeco al suelo, pibe. *Muñeco al suelo fas-*
trás... Vos sabés que me habían hecho un tango y todo.
Todavía me acuerdo un cacho, *de Mataderos al centro,*
y del centro a Nueva York... Me lo cantaban por todos
lados, en los asados, por la radio... Era lindo oírse en la
radio, che, la vieja me escuchaba todas las peleas. Y vos
sabés que ella también me escuchaba, un día me dijo que
me había conocido por la radio, porque el hermano puso
la pelea con uno de los tanos... ¿Vos te acordás de los
tanos? Yo no sé de dónde los iba a sacar el trompa, me
los traía fresquitos de Italia, y se armaban unas leñadas
en River... Hasta me hizo pelear con dos hermanos, con
el primero fue colosal, al cuarto round se pone a llover,
ñato, y nosotros con ganas de seguirla porque el tanito
era de ley y nos fajábamos que era un contento, y en eso
empezamos a refalar y dale al suelo yo, y al suelo él...
Era una pantomima, hermano... La suspendieron, qué
macana. A la otra vez el tano cobró por las dos, y el
patrón me puso con el hermano, y otro pesto... Qué
tiempos, pibe, aquí sí era lindo pelear, con toda la barra
que venía, te acordás de los carteles y las bocinas de auto,
che, qué lío que armaban en la popular... Una vez leí
que el boxeador no oye nada cuando está peleando, qué
macana, pibe. Claro que oye, vos te creés que yo no oía
distinto entre los gringos, menos mal que lo tenía al
trompa en el rincón, áperca, pibe, dale áperca. Y en
el hotel, y los cafés, qué cosa tan rara, che, no te hallabas
ahí. Después el gimnasio, con esos tipos que te hablaban
y no les pescabas ni medio. Meta señas, pibe, como los

mudos. Menos mal que estaba ella y el patrón para
chamuyar, y podíamos matear en el hotel y de cuando
en cuando caía un criollo y dale con los autógrafos, y a
ver si me lo fajás bien a ese gringo pa que aprendan
cómo semos los argentinos. No hablaban más que del
campeonato, qué le vas a hacer, me tenían fe, che, y me
daban unas ganas de salir atropellando y no parar hasta
el campeón. Pero lo mismo pensaba todo el tiempo en
Buenos Aires, y el patrón ponía los discos de Carlitos
y los de Pedro Maffia, y el tango que me hicieron, yo no
sé si sabés que me habían hecho un tango. Como a Legui,
igualito. Y una vez me acuerdo que fuimos con ella y el
patrón a una playa, todo el día en el agua, fue macanudo.
No te creas que podía divertirme mucho, siempre con el
entrenamiento y la comida cuidada, y nada que hacerle,
el trompa no me sacaba los ojos. "Ya te vas a dar el gusto,
pibe", me decía el trompa. Me acuerdo cuando la pelea
con Mocoroa, esa fue pelea. Vos sabés que dos meses
antes ya lo tenía al patrón dale que esa izquierda va mal,
que no te dejés entrar así, y me cambiaba los sparrings
y meta salto a la soga y bife jugoso... Menos mal que
me dejaba matear un poco, pero siempre me quedaba con
sed de verde. Y vuelta a empezar todos los días, tené
cuidado con la derecha, la tirás muy abierta, mirá que
el coso no es macana. Te creés que yo no lo sabía, más
de una vez lo fui a ver y me gustaba el pibe, no se achi-
caba nunca, y un estilo, che. Vos sabés lo que es estilo,
estás ahí y cuando hay que hacer una cosa vas y la hacés
sobre el pucho, no como esos que la empiezan a zapallazo
limpio, dale que va, arriba abajo los tres minutos. Una

vez en *El Gráfico* un coso escribió que yo no tenía estilo.
Me dio una bronca, te juro. No te voy a decir que yo era
como Rayito, eso era para ir a verlo, pibe, y Mocoroa
lo mismo. Yo qué te voy a decir, al rato de empezar ya
veía todo colorado y le metía nomás, pero no te vas a
creer que no me daba cuenta, solamente que me salía y si
me salía bien para qué te vas a afligir. Vos ves cómo fue
con Rayito, está bien que no lo saqué pero lo pude. Y a
Mocoroa igual, qué querés. Flor de leñada, viejo, se me
agachaba hasta el suelo y de abajo me zampaba cada
piña que te la debo. Y yo meta a la cara, te juro que
a la mitad ya estábamos con bronca y dale nomás. Esa
vez no sentí nada, el patrón me agarraba la cabeza y decía
pibe no te abrás tanto, dale abajo, pibe, guarda la derecha.
Yo le oía todo pero después salíamos y meta biaba los
dos, y hasta el final que no podíamos más, fue algo
grande. Vos sabés que esa noche después de la pelea nos
juntamos en un bodegón, estaba toda la barra y fue lindo
verlo al pibe que se reía, y me dijo qué fenómeno, che,
cómo fajás, y yo le dije te gané pero para mí que la
empatamos, y todos brindaban y era un lío que no te
puedo contar... Lástima esta tos, te agarra descuidado
y te dobla. Y bueno, ahora hay que cuidarse, mucha leche
y estar quieto, qué le vas a hacer. Una cosa que me duele
es que no te dejan levantar, a las cinco estoy despierto y
meta mirar p'arriba. Pensás y pensás, y siempre lo malo,
claro. Y los sueños igual, la otra noche, estaba peleando
de nuevo con Peralta. Por qué justo tengo que venir a
embocarla en esa pelea, pensá lo que fue, pibe, mejor
no acordarse. Vos sabés lo que es toda la barra ahí, todo

de nuevo como antes, no como en Nueva York, con los gringos... Y la barra del ringside, toda la hinchada, y unas ganas de ganar para que vieran que... Otra que ganar, si no me salía nada, y vos sabés cómo pegaba Víctor. Ya sé, ya sé, yo le ganaba con una mano, pero a la vuelta era distinto. No tenía ánimo, che, el patrón menos todavía, qué te vas a entrenar bien si estás triste. Y bueno, yo aquí era el campeón y él me desafió, tenía derecho. No le voy a disparar, no te parece. El patrón pensaba que le podía ganar por puntos, no te abrás mucho y no te cansés de entrada, mirá que aquél te va a boxear todo el tiempo. Y claro, se me iba para todos lados, y después que yo no estaba bien, con la barra ahí y todo te juro que tenía un cansancio en el cuerpo... Como modorra, entendés, no te puedo explicar. A la mitad de la pelea la empecé a pasar mal, después no me acuerdo mucho. Mejor no acordarse, no te parece. Son cosas que para qué. Me quisiera olvidar de todo. Mejor dormirse, total aunque soñés con las peleas a veces le acertás una linda y la gozás de nuevo. Como cuando el príncipe, qué plato. Pero mejor cuando no soñás, pibe, y estás durmiendo que es un gusto y no tosés ni nada, meta dormir nomás toda la noche dale que dale.

III

RELATO CON UN FONDO DE AGUA

No te preocupes, disculpame este gesto de impaciencia. Era perfectamente natural que nombraras a Lucio, que te acordaras de él a la hora de las nostalgias, cuando uno se deja corromper por esas ausencias que llamamos recuerdos y hay que remendar con palabras y con imágenes tanto hueco insaciable. Además no sé, te habrás fijado que este bungalow invita, basta que uno se instale en la veranda y mire un rato hacia el río y los naranjales, de golpe se está increíblemente lejos de Buenos Aires, perdido en un mundo elemental. Me acuerdo de Láinez cuando nos decía que el Delta hubiera tenido que llamarse el Alfa. Y esa otra vez en la clase de matemáticas, cuando vos... ¿Pero por qué nombraste a Lucio, era necesario que dijeras: Lucio?

El coñac está ahí, servite. A veces me pregunto por qué te molestás todavía en venir a visitarme. Te embarrás los zapatos, te aguantás los mosquitos y el olor de la lámpara a kerosene... Ya sé, no pongas la cara del amigo ofendido. No es eso, Mauricio, pero en realidad sos el único que queda, del grupo de entonces ya no veo a nadie. Vos, cada cinco o seis meses llega tu carta, y después la lancha te trae con un paquete de libros y botellas, con noticias de ese mundo remoto a menos de cin-

cuenta kilómetros, a lo mejor con la esperanza de arran-
carme alguna vez de este rancho medio podrido. No te
ofendas, pero casi me da rabia tu fidelidad amistosa. Com-
prendé, tiene algo de reproche, cuando te vas me siento
como enjuiciado, todas mis elecciones definitivas me pare-
cen simples formas de la hipocondría, que un viaje a la
ciudad bastaría para mandar al diablo. Vos pertenecés
a esa especie de testigos cariñosos que hasta en los peores
sueños nos acosan sonriendo. Y ya que hablamos de sueños, ya que nombraste a Lucio, por qué no habría de
contarte el sueño como entonces se lo conté a él. Era aquí
mismo, pero en esos tiempos — ¿cuántos años ya, viejo? —
todos ustedes venían a pasar temporadas al bungalow
que me dejaban mis padres, nos daba por el remo, por
leer poesía hasta la náusea, por enamorarnos desesperadamente de lo más precario y lo más perecedero, todo eso
envuelto en una infinita pedantería inofensiva, en una
ternura de cachorros sonsos. Éramos tan jóvenes, Mauricio,
resultaba tan fácil creerse hastiado, acariciar la imagen
de la muerte entre discos de jazz y mate amargo, dueños
de una sólida inmortalidad de cincuenta o sesenta años
por vivir. Vos eras el más retraído, mostrabas ya esa cortés
fidelidad que no se puede rechazar como se rechazan otras
fidelidades más impertinentes. Nos mirabas un poco desde
fuera, y ya entonces aprendí a admirar en vos las cualidades de los gatos. Uno habla con vos y es como si al
mismo tiempo estuviera solo, y a lo mejor es por eso
que uno habla con vos como yo ahora. Pero entonces
estaban los otros, y jugábamos a tomarnos en serio. Sabés,
lo terrible de ese momento de la juventud es que en una

hora oscura y sin nombre todo deja de ser serio para ceder
a la sucia máscara de seriedad que hay que ponerse en la
cara, y yo ahora soy el doctor fulano, y vos el ingeniero
mengano, bruscamente nos hemos quedado atrás, empezamos a vernos de otro modo aunque por un tiempo per-
sistamos en los rituales, en los juegos comunes, en las
cenas de camaradería que tiran sus últimos salvavidas en
medio de la dispersión y el abandono, y todo es tan horri-
blemente natural, Mauricio, y a algunos les duele más
que a otros, los hay como vos que van pasando por sus
edades sin sentirlo, que encuentran normal un álbum
donde uno se ve con pantalones cortos, con un sombrero
de paja o el uniforme de conscripto... En fin, hablábamos de un sueño que tuve en ese tiempo, y era un sueño
que empezaba aquí en la veranda, conmigo mirando la
luna llena sobre los cañaverales, oyendo las ranas que
ladraban como no ladran ni siquiera los perros, y después
siguiendo un vago sendero hasta llegar al río, andando
despacio por la orilla con la sensación de estar descalzo
y que los pies se me hundían en el barro. En el sueño yo
estaba solo en la isla, lo que era raro en ese tiempo; si
volviese a soñarlo ahora la soledad no me parecería tan
vecina de la pesadilla como entonces. Una soledad con
la luna apenas trepada en el cielo de la otra orilla, con
el chapoteo del río y a veces el golpe aplastado de un
durazno cayendo en una zanja. Ahora hasta las ranas se
habían callado, el aire estaba pegajoso como esta noche,
o como casi siempre aquí, y parecía necesario seguir, dejar
atrás el muelle, meterse por la vuelta grande de la costa,
cruzar los naranjales, siempre con la luna en la cara. No

invento nada, Mauricio, la memoria sabe lo que debe guardar entero. Te cuento lo mismo que entonces le conté a Lucio, voy llegando al lugar donde los juncos raleaban poco a poco y una lengua de tierra avanzaba sobre el río, peligrosa por el barro y la proximidad del canal, porque en el sueño yo sabía que eso era un canal profundo y lleno de remansos, y me acercaba a la punta paso a paso, hundiéndome en el barro amarillo y caliente de luna. Y así me quedé al borde, viendo del otro lado los cañaverales negros donde el agua se perdía secreta mientras aquí, tan cerca, el río manoteaba solapado buscando dónde agarrarse, resbalando otra vez y empecinándose. Todo el canal era luna, una inmensa cuchillería confusa que me tajeaba los ojos, y encima un cielo aplastándose contra la nuca y los hombros, obligándome a mirar interminablemente el agua. Y cuando río arriba vi el cuerpo del ahogado, balanceándose lentamente como para desenredarse de los juncos de la otra orilla, la razón de la noche y de que yo estuviera en ella se resolvió en esa mancha negra a la deriva, que giraba apenas, retenida por un tobillo, por una mano, oscilando blandamente para soltarse saliendo de los juncos hasta ingresar en la corriente del canal, acercándose cadenciosa a la ribera desnuda donde la luna iba a darle de lleno en plena cara.

Estás pálido, Mauricio. Apelemos al coñac, si querés. Lucio también estaba un poco pálido cuando le conté el sueño. Me dijo solamente: "Cómo te acordás de los detalles." Y a diferencia de vos, cortés como siempre, él parecía adelantarse a lo que le estaba contando, como si temiera que de golpe se me olvidase el resto del sueño.

Pero todavía faltaba algo, te estaba diciendo que la corriente del canal hacía girar el cuerpo, jugaba con él antes de traerlo de mi lado, y al borde de la lengua de tierra yo esperaba ese momento en que pasaría casi a mis pies y podría verle la cara. Otra vuelta, un brazo blandamente tendido como si eso nadara todavía, la luna hincándose en el pecho, mordiéndole el vientre, las piernas pálidas, desnudando otra vez al ahogado boca arriba. Tan cerca de mí que me hubiera bastado agacharme para sujetarlo del pelo, tan cerca que lo reconocí, Mauricio, le vi la cara y grité, creo, algo como un grito que me arrancó de mí mismo y me tiró en el despertar, en el jarro de agua que bebí jadeando, en la asombrada y confundida conciencia de que ya no me acordaba de esa cara que acababa de reconocer. Y eso seguiría ya corriente abajo, de nada serviría cerrar los ojos y querer volver al borde del agua, al borde del sueño, luchando por acordarme, queriendo precisamente eso que algo en mí no quería. En fin, vos sabés que más tarde uno se conforma, la máquina diurna está ahí con sus bielas bien lubricadas, con sus rótulos satisfactorios. Ese fin de semana viniste vos, vinieron Lucio y los otros, anduvimos de fiesta todo aquel verano, me acuerdo que después te fuiste al norte, llovió mucho en el delta, y hacia el fin Lucio se hartó de la isla, la lluvia y tantas cosas lo enervaban, de golpe nos mirábamos como yo nunca hubiera pensado que podríamos mirarnos. Entonces empezaron los refugios en el ajedrez o la lectura, el cansancio de tantas inútiles concesiones, y cuando Lucio volvía a Buenos Aires yo me juraba no esperarlo más, incluía a todos mis amigos, al verde mundo que día a día se iba cerrando y muriendo, en una misma hastiada condenación. Pero si algunos se daban por enterados y no aparecían más después de un impecable "hasta pronto", Lucio volvía sin ganas, yo estaba en el muelle esperándolo, nos mirábamos como desde lejos, realmente desde ese otro mundo cada vez más atrás, el pobre paraíso perdido que empecinadamente él volvía a buscar y yo me obstinaba en defenderle casi sin ganas. Vos nunca sospechaste demasiado todo eso, Mauricio, veraneante imperturbable en alguna quebrada norteña, pero ese fin de verano... ¿La ves, allá? Empieza a levantarse entre los juncos, dentro de un momento te dará en la cara. A esta hora es curioso cómo crece el chapoteo del río, no sé si porque los pájaros se han callado o porque la sombra consiente mejor ciertos sonidos. Ya ves, sería injusto no terminar lo que te estaba contando, a esta altura de la noche en que todo coincide cada vez más con esa otra noche en que se lo conté a Lucio. Hasta la situación es simétrica, en esa silla de hamaca llenás el hueco de Lucio que venía en ese fin de verano y se quedaba como vos sin hablar, él que tanto había hablado, y dejaba correr las horas bebiendo, resentido por nada o por la nada, por esa repleta nada que nos iba acosando sin que pudiéramos defendernos. Yo no creía que hubiera odio entre nosotros, era a la vez menos y peor que el odio, un hastío en el centro mismo de algo que había sido a veces una tormenta o un girasol o si preferís una espada, todo menos ese tedio, ese otoño pardo y sucio que crecía desde adentro como telas en los ojos. Salíamos a recorrer la isla, corteses y amables, cuidando de no herirnos; caminábamos sobre hojas secas, pesados

colchones de hojas secas a la orilla del río. A veces me
engañaba el silencio, a veces una palabra con el acento
de antes, y tal vez Lucio caía conmigo en las astutas
trampas inútiles del hábito, hasta que una mirada o el
deseo acuciante de estar a solas nos ponía de nuevo frente
a frente, siempre amables y corteses y extranjeros. Entonces él me dijo: "Es una hermosa noche; caminemos." Y
como podríamos hacerlo ahora vos y yo, bajamos de la
veranda y fuimos hacia allá, donde sale esa luna que te
da en los ojos. No me acuerdo demasiado del camino,
Lucio iba delante y yo dejaba que mis pasos cayeran sobre
sus huellas y aplastaran otra vez las hojas muertas. En
algún momento debí empezar a reconocer la senda entre
los naranjos; quizá fue más allá, del lado de los últimos
ranchos y los juncales. Sé que en ese momento la silueta
de Lucio se volvió lo único incongruente en ese encuentro
metro a metro, noche a noche, a tal punto coincidente
que no me extrañé cuando los juncos se abrieron para
mostrar a plena luna la lengua de tierra entrando en el
canal, las manos del río resbalando sobre el barro amarillo. En alguna parte a nuestras espaldas un durazno
podrido cayó con un golpe que tenía algo de bofetada, de
torpeza indecible.

Al borde del agua, Lucio se volvió y me estuvo mirando un momento. Dijo: "¿Este es el lugar, verdad?"
Nunca habíamos vuelto a hablar del sueño, pero le contesté: "Sí, este es el lugar." Pasó un tiempo antes que
dijera: "Hasta eso me has robado, hasta mi deseo más
secreto; porque yo he deseado un sitio así, yo he necesitado
un sitio así. Has soñado un sueño ajeno." Y cuando dijo

eso, Mauricio, cuando lo dijo con una voz monótona y dando un paso hacia mí, algo debió estallar en mi olvido, cerré los ojos y supe que iba a recordar, sin mirar hacia el río supe que iba a ver el final del sueño, y lo vi, Mauricio, vi al ahogado con la luna arrodillada sobre el pecho, y la cara del ahogado era la mía, Mauricio, la cara del ahogado era la mía.

¿Por qué te vas? Si te hace falta, hay un revólver en el cajón del escritorio, si querés podés alertar a la gente del otro rancho. Pero quedate, Mauricio, quedate otro poco oyendo el chapoteo del río, a lo mejor acabarás por sentir que entre todas esas manos de agua y juncos que resbalan en el barro y se deshacen en remolinos, hay unas manos que a esta hora se hincan en las raíces y no sueltan, algo trepa al muelle y se endereza cubierto de basuras y mordiscos de peces, viene hacia aquí a buscarme. Todavía puedo dar vuelta la moneda, todavía puedo matarlo otra vez, pero se obstina y vuelve y alguna noche me llevará con él. Me llevará, te digo, y el sueño cumplirá su imagen verdadera. Tendré que ir, la lengua de tierra y los cañaverales me verán pasar boca arriba, magnífico de luna, y el sueño estará al fin completo, Mauricio, el sueño estará al fin completo.

DESPUÉS DEL ALMUERZO

Después del almuerzo yo hubiera querido quedarme en mi cuarto leyendo, pero papá y mamá vinieron casi en seguida a decirme que esa tarde tenía que llevarlo de paseo.

Lo primero que contesté fue que no, que lo llevara otro, que por favor me dejaran estudiar en mi cuarto. Iba a decirles otras cosas, explicarles por qué no me gustaba tener que salir con él, pero papá dio un paso adelante y se puso a mirarme en esa forma que no puedo resistir, me clava los ojos y yo siento que se me van entrando cada vez más hondo en la cara, hasta que estoy a punto de gritar y tengo que darme vuelta y contestar que sí, que claro, en seguida. Mamá en esos casos no dice nada y no me mira, pero se queda un poco atrás con las dos manos juntas, y yo le veo el pelo gris que le cae sobre la frente y tengo que darme vuelta y contestar que sí, que claro, en seguida. Entonces se fueron sin decir nada más y yo empecé a vestirme, con el único consuelo de que iba a estrenar unos zapatos amarillos que brillaban y brillaban.

Cuando salí de mi cuarto eran las dos, y tía Encarnación dijo que podía ir a buscarlo a la pieza del fondo, donde siempre le gusta meterse por la tarde. Tía Encarnación debía darse cuenta de que yo estaba desesperado por tener que salir con él, porque me pasó la mano por la cabeza y después se agachó y me dio un beso en la frente. Sentí que me ponía algo en el bolsillo.

—Para que te compres alguna cosa —me dijo al oído—. Y no te olvides de darle un poco, es preferible.

Yo la besé en la mejilla, más contento, y pasé delante de la puerta de la sala donde estaban papá y mamá jugando a las damas. Creo que les dije hasta luego, alguna cosa así, y después saqué el billete de cinco pesos para alisarlo bien y guardarlo en mi cartera donde ya había otro billete de un peso y monedas.

Lo encontré en un rincón del cuarto, lo agarré lo mejor que pude y salimos por el patio hasta la puerta que daba al jardín de adelante. Una o dos veces sentí la tentación de soltarlo, volver adentro y decirles a papá y a mamá que él no quería venir conmigo, pero estaba seguro de que acabarían por traerlo y obligarme a ir con él hasta la puerta de calle. Nunca me habían pedido que lo llevara al centro, era injusto que me lo pidieran porque sabían muy bien que la única vez que me habían obligado a pasearlo por la vereda había ocurrido esa cosa horrible con el gato de los Álvarez. Me parecía estar viendo todavía la cara del vigilante hablando con papá en la puerta, y después papá sirviendo dos vasos de caña, y mamá llorando en su cuarto. Era injusto que me lo pidieran.

Por la mañana había llovido y las veredas de Buenos Aires están cada vez más rotas, apenas se puede andar sin meter los pies en algún charco. Yo hacía lo posible para cruzar por las partes más secas y no mojarme los zapatos nuevos, pero en seguida vi que a él le gustaba meterse en el agua, y tuve que tironear con todas mis fuerzas para obligarlo a ir de mi lado. A pesar de eso consiguió acercarse a un sitio donde había una baldosa un poco más hundida que las otras, y cuando me di cuenta ya estaba completamente empapado y tenía hojas secas por todas partes. Tuve que pararme, limpiarlo, y todo el tiempo sentía que los vecinos estaban mirando desde los jardines, sin decir nada pero mirando. No quiero mentir, en realidad no me importaba tanto que nos miraran (que lo miraran a él, y a mí que lo llevaba de paseo); lo peor era estar ahí parado, con un pañuelo que se iba mojando y llenando de manchas de barro y pedazos de hojas secas, y teniendo que sujetarlo al mismo tiempo para que no volviera a acercarse al charco. Además yo estoy acostumbrado a andar por las calles con las manos en los bolsillos del pantalón, silbando o mascando chicle, o leyendo las historietas mientras con la parte de abajo de los ojos voy adivinando las baldosas de las veredas que conozco perfectamente desde mi casa hasta el tranvía, de modo que sé cuándo paso delante de la casa de la Tita o cuándo voy a llegar a la esquina de Carabobo. Y ahora no podía hacer nada de eso, y el pañuelo me empezaba a mojar el forro del bolsillo y sentía la humedad en la pierna, era como para no creer en tanta mala suerte junta.

A esa hora el tranvía viene bastante vacío, y yo rogaba que pudiéramos sentarnos en el mismo asiento, poniéndolo a él del lado de la ventanilla para que molestara menos. No es que se mueva demasiado, pero a la gente le molesta lo mismo y yo comprendo. Por eso me afligí al subir, porque el tranvía estaba casi lleno y no había ningún asiento doble desocupado. El viaje era demasiado largo para quedarnos en la plataforma, el guarda me hubiera mandado que me sentara y lo pusiera en alguna parte; así que lo hice entrar en seguida y lo llevé hasta un asiento del medio donde una señora ocupaba el lado de la ventanilla. Lo mejor hubiera sido sentarme detrás de él para vigilarlo, pero el tranvía estaba lleno y tuve que seguir adelante y sentarme bastante más lejos. Los pasajeros no se fijaban mucho, a esa hora la gente va haciendo la digestión y está medio dormida con los barquinazos del tranvía. Lo malo fue que el guarda se paró al lado del asiento donde yo lo había instalado, golpeando con una moneda en el fierro de la máquina de los boletos, y yo tuve que darme vuelta y hacerle señas de que viniera a cobrarme a mí, mostrándole la plata para que comprendiera que tenía que darme dos boletos, pero el guarda era uno de esos chinazos que están viendo las cosas y no quieren entender, dale con la moneda golpeando contra la máquina. Me tuve que levantar (y ahora dos o tres pasajeros me miraban) y acercarme al otro asiento. "Dos boletos", le dije. Cortó uno, me miró un momento, y después me alcanzó el boleto y miró para abajo, medio de reojo. "Dos, por favor", repetí, seguro de que todo el tranvía ya estaba enterado. El chinazo cortó el otro boleto y me lo dio, iba a decirme algo pero yo le alcancé la plata justa y me volví en dos trancos a mi asiento, sin mirar para atrás. Lo peor era que a cada momento tenía que darme vuelta para ver si seguía quieto en el asiento de atrás, y con eso iba llamando la atención de algunos pasajeros. Primero decidí que sólo me daría vuelta al pasar cada esquina, pero las cuadras me parecían terriblemente largas y a cada momento tenía miedo de oír alguna exclamación o un grito, como cuando el gato de los Álvarez. Entonces me puse a contar hasta diez, igual que en las peleas, y eso venía a ser más o menos media cuadra. Al llegar a diez me daba vuelta disimuladamente, por ejemplo arreglándome el cuello de la camisa o metiendo la mano en el bolsillo del saco, cualquier cosa que diera la impresión de un tic nervioso o algo así.

Como a las ocho cuadras no sé por qué me pareció que la señora que iba del lado de la ventanilla se iba a bajar. Eso era lo peor, porque le iba a decir algo para que la dejara pasar, y cuando él no se diera cuenta o no quisiera darse cuenta, a lo mejor la señora se enojaba y quería pasar a la fuerza, pero yo sabía lo que iba a ocurrir en ese caso y estaba con los nervios de punta, de manera que empecé a mirar para atrás antes de llegar a cada esquina, y en una de esas me pareció que la señora estaba ya a punto de levantarse, y hubiera jurado que le decía algo porque miraba de su lado y yo creo que movía la boca. Justo en ese momento una vieja gorda se levantó de uno de los asientos cerca del mío y empezó a andar por el pasillo, y yo iba detrás queriendo empujarla, darle una patada en las piernas para que se apurara y me dejara llegar al asiento donde la señora había agarrado una canasta o algo que tenía en el suelo y ya se levantaba para salir. Al final creo que la empujé, la oí que protestaba, no sé cómo llegué al lado del asiento y conseguí sacarlo a tiempo para que la señora pudiera bajarse en la esquina. Entonces lo puse contra la ventanilla y me senté a su lado, tan feliz aunque cuatro o cinco idiotas me estuvieran mirando desde los asientos de adelante y desde la plataforma donde a lo mejor el chinazo les había dicho alguna cosa.

Ya andábamos por el Once, y afuera se veía un sol precioso y las calles estaban secas. A esa hora si yo hubiera viajado solo me habría largado del tranvía para seguir a pie hasta el centro, para mí no es nada ir a pie desde el Once a Plaza de Mayo, una vez que me tomé el tiempo le puse justo treinta y dos minutos, claro que corriendo de a ratos y sobre todo al final. Pero ahora en cambio tenía que ocuparme de la ventanilla, porque un día alguien había contado que era capaz de abrir de golpe la ventanilla y tirarse afuera, nada más que por el gusto de hacerlo, como tantos otros gustos que nadie se explicaba. Una o dos veces me pareció que estaba a punto de levantar la ventanilla, y tuve que pasar el brazo por detrás y sujetarla por el marco. A lo mejor eran cosas mías, tampoco quiero asegurar que estuviera por levantar la ventanilla y tirarse. Por ejemplo, cuando lo del inspector me olvidé completamente del asunto y sin embargo no se tiró. El inspector era un tipo alto y flaco que apareció por la plataforma delantera y se puso a marcar los boletos con ese aire amable que tienen algunos inspectores. Cuando llegó a mi asiento le alcancé los dos boletos y él marcó uno, miró para abajo, después miró el otro boleto, lo fue a marcar y se quedó con el boleto metido en la ranura de la pinza, y todo el tiempo yo rogaba que lo marcara de una vez y me lo devolviera, me parecía que la gente del tranvía nos estaba mirando cada vez más.

Al final lo marcó encogiéndose de hombros, me devolvió los dos boletos, y en la plataforma de atrás oí que alguien soltaba una carcajada, pero naturalmente no quise darme vuelta, volví a pasar el brazo y sujeté la ventanilla, haciendo como que no veía más al inspector y a todos los otros. En Sarmiento y Libertad se empezó a bajar la gente, y cuando llegamos a Florida ya no había casi nadie. Esperé hasta San Martín y lo hice salir por la plataforma delantera, porque no quería pasar al lado del chinazo que a lo mejor me decía alguna cosa.

A mí me gusta mucho la Plaza de Mayo, cuando me hablan del centro pienso en seguida en la Plaza de Mayo. Me gusta por las palomas, por la Casa de Gobierno y porque trae tantos recuerdos de historia, de las bombas que cayeron cuando hubo revolución, y los caudillos que habían dicho que iban a atar sus caballos en la Pirámide. Hay maniseros y tipos que venden cosas, en seguida se encuentra un banco vacío y si uno quiere puede seguir un poco más y al rato llega al puerto y ve los barcos y los guinches. Por eso pensé que lo mejor era llevarlo a la Plaza de Mayo, lejos de los autos y los colectivos, y sentarnos un rato ahí hasta que fuera hora de ir volviendo a casa. Pero cuando bajamos del tranvía y empezamos a andar por San Martín sentí como un mareo, de golpe me daba cuenta de que me había cansado terriblemente, casi una hora de viaje y todo el tiempo teniendo que mirar hacia atrás, hacerme el que no veía que nos estaban mirando, y después el guarda con los boletos, y la señora que se iba a bajar, y el inspector. Me hubiera gustado tanto poder entrar en una lechería y pedir un helado o un vaso de leche, pero estaba seguro de que no iba a poder, que me iba a arrepentir si lo hacía entrar en un local cualquiera donde la gente estaría sentada y tendría más tiempo para mirarnos. En la calle la gente se cruza y cada uno sigue viaje, sobre todo en San Martín que está lleno de bancos y oficinas y todo el mundo anda apurado con portafolios debajo del brazo. Así que seguimos hasta la esquina de Cangallo, y entonces cuando íbamos pasando delante de las vidrieras de Peuser que estaban llenas de tinteros y cosas preciosas, sentí que él no quería seguir, se hacía cada vez más pesado y por más que yo tiraba (tratando de no llamar la atención) casi no podía caminar y al final tuve que pararme delante de la última vidriera, haciéndome el que miraba los juegos de escritorio repujados en cuero. A lo mejor estaba un poco cansado, a lo mejor no era un capricho. Total, estar ahí parados no tenía nada de malo, pero igual no me gustaba porque la gente que pasaba tenía más tiempo para fijarse, y dos o tres veces me di cuenta de que alguien le hacía algún comentario a otro, o se pegaban con el codo para llamarse la atención. Al final no pude más y lo agarré otra vez, haciéndome el que caminaba con naturalidad, pero cada paso me costaba como en esos sueños en que uno tiene unos zapatos que pesan toneladas y apenas puede despegarse del sueño. A la larga conseguí que se le pasara el capricho de quedarse ahí parado, y seguimos por San Martín hasta la esquina de la Plaza de Mayo. Ahora la cosa era cruzar, porque a él no le gusta cruzar una calle. Es capaz de abrir la ventanilla del tranvía y tirarse, pero no le gusta cruzar la calle. Lo malo es que para llegar

a la Plaza de Mayo hay que cruzar siempre alguna calle
con mucho tráfico, en Cangallo y Bartolomé Mitre no
había sido tan difícil pero ahora yo estaba a punto de
renunciar, me pesaba terriblemente en la mano, y dos
veces que el tráfico se paró y los que estaban a nuestro
lado en el cordón de la vereda empezaron a cruzar la
calle, me di cuenta de que no íbamos a poder llegar al
otro lado porque se plantaría justo en la mitad, y entonces preferí seguir esperando hasta que se decidiera. Y
claro, el del puesto de revistas de la esquina ya estaba
mirando cada vez más, y le decía algo a un pibe de mi
edad que hacía muecas y le contestaba qué sé yo, y los
autos seguían pasando y se paraban y volvían a pasar, y
nosotros ahí plantados. En una de esas se iba a acercar
el vigilante, eso era lo peor que nos podía suceder porque
los vigilantes son muy buenos y por eso meten la pata,
se ponen a hacer preguntas, averiguan si uno anda perdido,
y de golpe a él le puede dar uno de sus caprichos y yo
no sé en lo que termina la cosa. Cuanto más pensaba más
me afligía, y al final tuve miedo de veras, casi como ganas
de vomitar, lo juro, y en un momento en que paró el
tráfico lo agarré bien y cerré los ojos y tiré para adelante
doblándome casi en dos, y cuando estuvimos en la Plaza
lo solté, seguí dando unos pasos solo, y después volví
para atrás y hubiera querido que se muriera, que ya estuviera muerto, o que papá y mamá estuvieran muertos,
y yo también al fin y al cabo, que todos estuvieran
muertos y enterrados menos tía Encarnación.

Pero esas cosas se pasan en seguida, vimos que había
un banco muy lindo completamente vacío, y yo lo sujeté

sin tironearlo y fuimos a ponernos en ese banco y a mirar
las palomas que por suerte no se dejan agarrar como los
gatos. Compré manises y caramelos, le fui dando de las
dos cosas y estábamos bastante bien con ese sol que hay
por la tarde en la Plaza de Mayo y la gente que va de
un lado a otro. Yo no sé en qué momento me vino la idea
de abandonarlo ahí, lo único que me acuerdo es que estaba
pelándole un maní y pensando al mismo tiempo que si
me hacía el que iba a tirarles algo a las palomas que
andaban más lejos, sería facilísimo dar la vuelta a la
pirámide y perderlo de vista. Me parece que en ese momento no pensaba en volver a casa ni en la cara de papá
y mamá, porque si lo hubiera pensado no habría hecho
esa pavada. Debe ser muy difícil abarcar todo al mismo
tiempo como hacen los sabios y los historiadores, yo pensé
solamente que lo podía abandonar ahí y andar solo por
el centro con las manos en los bolsillos, y comprarme
una revista o entrar a tomar un helado en alguna parte
antes de volver a casa. Le seguí dando manises un rato
pero ya estaba decidido, y en una de esas me hice el que
me levantaba para estirar las piernas y vi que no le importaba si seguía a su lado o me iba a darle manises a
las palomas. Les empecé a tirar lo que me quedaba, y las
palomas me andaban por todos lados, hasta que se me
acabó el maní y se cansaron. Desde la otra punta de la
plaza apenas se veía el banco; fue cosa de un momento
cruzar a la Casa Rosada donde siempre hay dos granaderos
de guardia, y por el costado me largué hasta el Paseo
Colón, esa calle donde mamá dice que no deben ir los
niños solos. Ya por costumbre me daba vuelta a cada

momento, pero era imposible que me siguiera, lo más que podría estar haciendo sería revolcarse alrededor del banco hasta que se acercara alguna señora de la beneficencia o algún vigilante.

No me acuerdo muy bien de lo que pasó en ese rato en que yo andaba por el Paseo Colón, que es una avenida como cualquier otra. En una de esas yo estaba sentado en una vidriera baja de una casa de importaciones y exportaciones, y entonces me empezó a doler el estómago, no como cuando uno tiene que ir en seguida al baño, era más arriba, en el estómago verdadero, como si se me retorciera poco a poco, y yo quería respirar y me costaba, entonces tenía que quedarme quieto y esperar que se pasara el calambre, y delante de mí se veía como una mancha verde y puntitos que bailaban, y la cara de papá, al final era solamente la cara de papá porque yo había cerrado los ojos, me parece, y en medio de la mancha verde estaba la cara de papá. Al rato pude respirar mejor, y unos muchachos me miraron un momento y uno le dijo al otro que yo estaba descompuesto, pero yo moví la cabeza y dije que no era nada, que siempre me daban calambres pero se me pasaban en seguida. Uno dijo que si yo quería que fuera a buscar un vaso de agua, y el otro me aconsejó que me secara la frente porque estaba sudando. Yo me sonreí y dije que ya estaba bien, y me puse a caminar para que se fueran y me dejaran solo. Era cierto que estaba sudando porque me caía el agua por las cejas y una gota salada me entró en un ojo, y entonces saqué el pañuelo y me lo pasé por la cara, y sentí un arañazo en el labio, y cuando miré era una hoja seca pegada en el pañuelo que me había arañado la boca.

No sé cuánto tardé en llegar otra vez a la Plaza de
Mayo. A la mitad de la subida me caí pero volví a levantarme antes que nadie se diera cuenta, y crucé a la carrera
entre todos los autos que pasaban por delante de la Casa
Rosada. Desde lejos vi que no se había movido del banco,
pero seguí corriendo y corriendo hasta llegar al banco, y
me tiré como muerto mientras las palomas salían volando
asustadas y la gente se daba vuelta con ese aire que toman
para mirar a los chicos que corren, como si fuera un
pecado. Después de un rato lo limpié un poco y dije que
teníamos que volver a casa. Lo dije para oírme yo mismo
y sentirme todavía más contento, porque con él lo único
que servía era agarrarlo bien y llevarlo, las palabras no
las escuchaba o se hacía el que no las escuchaba. Por
suerte esta vez no se encaprichó al cruzar las calles, y el
tranvía estaba casi vacío al comienzo del recorrido, así
que lo puse en el primer asiento y me senté al lado y
no me di vuelta ni una sola vez en todo el viaje, ni siquiera
al bajarnos. La última cuadra la hicimos muy despacio,
él queriendo meterse en los charcos y yo luchando para
que pasara por las baldosas secas. Pero no me importaba,
no me importaba nada. Pensaba todo el tiempo: "Lo
abandoné", lo miraba y pensaba: "Lo abandoné", y aunque no me había olvidado del Paseo Colón me sentía tan
bien, casi orgulloso. A lo mejor otra vez... No era fácil,
pero a lo mejor... Quién sabe con qué ojos me mirarían
papá y mamá cuando me vieran llegar con él de la mano.
Claro que estarían contentos de que yo lo hubiera llevado
a pasear al centro, los padres siempre están contentos de

esas cosas; pero no sé por qué en ese momento se me
daba por pensar que también a veces papá y mamá saca-
ban el pañuelo para secarse, y que también en el pañuelo
había una hoja seca que les lastimaba la cara.

AXOLOTL

Hubo un tiempo en que yo pensaba mucho en los axolotl. Iba a verlos al acuario del Jardin des Plantes y me quedaba horas mirándolos, observando su inmovilidad, sus oscuros movimientos. Ahora soy un axolotl.

El azar me llevó hasta ellos una mañana de primavera en que París abría su cola de pavorreal después de la lenta invernada. Bajé por el bulevar de Port-Royal, tomé St. Marcel y L'Hôpital, vi los verdes entre tanto gris y me acordé de los leones. Era amigo de los leones y las panteras, pero nunca había entrado en el húmedo y oscuro edificio de los acuarios. Dejé mi bicicleta contra las rejas y fui a ver los tulipanes. Los leones estaban feos y tristes y mi pantera dormía. Opté por los acuarios, soslayé peces vulgares hasta dar inesperadamente con los axolotl. Me quedé una hora mirándolos y salí, incapaz de otra cosa.

En la biblioteca Sainte-Geneviève consulté un diccionario y supe que los axolotl son formas larvales, provistas de branquias, de una especie de batracios del género amblistoma. Que eran mexicanos lo sabía ya por ellos mismos, por sus pequeños rostros rosados aztecas y el cartel en lo alto del acuario. Leí que se han encontrado ejemplares en África capaces de vivir en tierra durante los períodos de sequía, y que continúan su vida en el agua al llegar la estación de las lluvias. Encontré su nombre español, ajolote, la mención de que son comestibles y que su aceite se usaba (se diría que no se usa más) como el de hígado de bacalao.

No quise consultar obras especializadas, pero volví al día siguiente al Jardin des Plantes. Empecé a ir todas las mañanas, a veces de mañana y de tarde. El guardián de los acuarios sonreía perplejo al recibir el billete. Me apoyaba en la barra de hierro que bordea los acuarios y me ponía a mirarlos. No hay nada de extraño en esto, porque desde un primer momento comprendí que estábamos vinculados, que algo infinitamente perdido y distante seguía sin embargo uniéndonos. Me había bastado detenerme aquella primera mañana ante el cristal donde unas burbujas corrían en el agua. Los axolotl se amontonaban en el mezquino y angosto (sólo yo puedo saber cuán angosto y mezquino) piso de piedra y musgo del acuario. Había nueve ejemplares, y la mayoría apoyaba la cabeza contra el cristal, mirando con sus ojos de oro a los que se acercaban. Turbado, casi avergonzado, sentí como una impudicia asomarme a esas figuras silenciosas e inmóviles aglomeradas en el fondo del acuario. Aislé mentalmente una, situada a la derecha y algo separada de las otras, para estudiarla mejor. Vi un cuerpecito rosado y como translúcido (pensé en las estatuillas chinas de cristal lechoso), semejante a un pequeño lagarto de quince centímetros, terminado en una cola de pez de una delicadeza extraordinaria, la parte más sensible de nuestro cuerpo. Por el lomo le corría una aleta transparente que se fusionaba con la cola, pero lo que me obsesionó fueron las patas, de una finura sutilísima, acabadas en menudos dedos, en uñas minuciosamente humanas. Y entonces descubrí sus ojos, su cara. Un rostro inexpresivo, sin otro rasgo que los ojos, dos orificios como cabezas de alfiler, enteramente de un oro transparente, carentes de toda vida pero mirando, dejándose penetrar por mi mirada que parecía pasar a través del punto áureo y perderse en un diáfano misterio interior. Un delgadísimo halo negro rodeaba el ojo y lo inscribía en la carne rosa, en la piedra rosa de la cabeza vagamente triangular pero con lados curvos e irregulares, que le daban una total semejanza con una estatuilla corroída por el tiempo. La boca estaba disimulada por el plano triangular de la cara, sólo de perfil se adivinaba su tamaño considerable; de frente una fina hendedura rasgaba apenas la piedra sin vida. A ambos lados de la cabeza, donde hubieran debido estar las orejas, le crecían tres ramitas rojas como de coral, una excrecencia vegetal, las branquias, supongo. Y era lo único vivo en él, cada diez o quince segundos las ramitas se enderezaban rígidamente y volvían a bajarse. A veces una pata se movía apenas, yo veía los diminutos dedos posándose con suavidad en el musgo. Es que no nos gusta movernos mucho, y el acuario es tan mezquino; apenas avanzamos un poco nos damos con la cola o la cabeza de otro de nosotros; surgen dificultades, peleas, fatiga. El tiempo se siente menos si nos estamos quietos.

Fue su quietud lo que me hizo inclinarme fascinado la primera vez que vi a los axolotl. Oscuramente me pareció comprender su voluntad secreta, abolir el espacio y el tiempo con una inmovilidad indiferente. Después supe mejor, la contracción de las branquias, el tanteo de las finas patas en las piedras, la repentina natación (algunos de ellos nadan con la simple ondulación del cuerpo) me probó que eran capaces de evadirse de ese sopor mineral en que pasaban horas enteras. Sus ojos, sobre todo, me obsesionaban. Al lado de ellos, en los restantes acuarios, diversos peces me mostraban la simple estupidez de sus hermosos ojos semejantes a los nuestros. Los ojos de los axolotl me decían de la presencia de una vida diferente, de otra manera de mirar. Pegando mi cara al vidrio (a veces el guardián tosía, inquieto) buscaba ver mejor los diminutos puntos áureos, esa entrada al mundo infinitamente lento y remoto de las criaturas rosadas. Era inútil golpear con el dedo en el cristal, delante de sus caras; jamás se advertía la menor reacción. Los ojos de oro seguían ardiendo con su dulce, terrible luz; seguían mirándome desde una profundidad insondable que me daba vértigo.

Y sin embargo estaban cerca. Lo supe antes de esto, antes de ser un axolotl. Lo supe el día en que me acerqué a ellos por primera vez. Los rasgos antropomórficos de un mono revelan, al revés de lo que cree la mayoría, la distancia que va de ellos a nosotros. La absoluta falta de semejanza de los axolotl con el ser humano me probó que mi reconocimiento era válido, que no me apoyaba en analogías fáciles. Sólo las manecitas... Pero una lagartija tiene también manos así, y en nada se nos parece. Yo creo que era la cabeza de los axolotl, esa forma triangular rosada con los ojillos de oro. Eso miraba y sabía. Eso reclamaba. No eran *animales*.

Parecía fácil, casi obvio, caer en la mitología. Empecé viendo en los axolotl una metamorfosis que no conseguía anular una misteriosa humanidad. Los imaginé conscientes, esclavos de su cuerpo, infinitamente condenados a un silencio abisal, a una reflexión desesperada. Su mirada ciega, el diminuto disco de oro inexpresivo y sin embargo terriblemente lúcido, me penetraba como un mensaje: "Sálvanos, sálvanos." Me sorprendía musitando palabras de consuelo, transmitiendo pueriles esperanzas. Ellos seguían mirándome, inmóviles; de pronto las ramillas rosadas de las branquias se enderezaban. En ese instante yo sentía como un dolor sordo; tal vez me veían, captaban mi esfuerzo por penetrar en lo impenetrable de sus vidas. No eran seres humanos, pero en ningún animal había encontrado una relación tan profunda conmigo. Los axolotl eran como testigos de algo, y a veces como horribles jueces. Me sentía innoble frente a ellos; había una pureza tan espantosa en esos ojos transparentes. Eran larvas, pero larva quiere decir máscara y también fantasma. Detrás de esas caras aztecas, inexpresivas y sin embargo de una crueldad implacable, ¿qué imagen esperaba su hora?

Les temía. Creo que de no haber sentido la proximidad de otros visitantes y del guardián, no me hubiese atrevido a quedarme solo con ellos. "Usted se los come con los ojos", me decía riendo el guardián, que debía suponerme un poco desequilibrado. No se daba cuenta de que eran ellos los que me devoraban lentamente por los ojos, en un canibalismo de oro. Lejos del acuario no hacía más que pensar en ellos, era como si me influyeran a distancia.

Llegué a ir todos los días, y de noche los imaginaba inmóviles en la oscuridad, adelantando lentamente una mano que de pronto encontraba la de otro. Acaso sus ojos veían en plena noche, y el día continuaba para ellos indefinidamente. Los ojos de los axolotl no tienen párpados.

Ahora sé que no hubo nada de extraño, que eso tenía que ocurrir. Cada mañana, al inclinarme sobre el acuario, el reconocimiento era mayor. Sufrían, cada fibra de mi cuerpo alcanzaba ese sufrimiento amordazado, esa tortura rígida en el fondo del agua. Espiaban algo, un remoto señorío aniquilado, un tiempo de libertad en que el mundo había sido de los axolotl. No era posible que una expresión tan terrible que alcanzaba a vencer la inexpresividad forzada de sus rostros de piedra, no portara un mensaje de dolor, la prueba de esa condena eterna, de ese infierno líquido que padecían. Inútilmente quería probarme que mi propia sensibilidad proyectaba en los axolotl una conciencia inexistente. Ellos y yo sabíamos. Por eso no hubo nada de extraño en lo que ocurrió. Mi cara estaba pegada al vidrio del acuario, mis ojos trataban una vez más de penetrar el misterio de esos ojos de oro sin iris y sin pupila. Veía de muy cerca la cara de un axolotl inmóvil junto al vidrio. Sin transición, sin sorpresa, vi mi cara contra el vidrio, en vez del axolotl vi mi cara contra el vidrio, la vi fuera del acuario, la vi del otro lado del vidrio. Entonces mi cara se apartó y yo comprendí.

Sólo una cosa era extraña: seguir pensando como antes, saber. Darme cuenta de eso fue en el primer momento

como el horror del enterrado vivo que despierta a su
destino. Afuera, mi cara volvía a acercarse al vidrio, veía
mi boca de labios apretados por el esfuerzo de comprender
a los axolotl. Yo era un axolotl y sabía ahora instantáneamente que ninguna comprensión era posible. Él estaba
fuera del acuario, su pensamiento era un pensamiento
fuera del acuario. Conociéndolo, siendo él mismo, yo era
un axolotl y estaba en mi mundo. El horror venía —lo
supe en el mismo momento— de creerme prisionero en
un cuerpo de axolotl, transmigrado a él con mi pensamiento de hombre, enterrado vivo en un axolotl, condenado a moverme lúcidamente entre criaturas insensi-
bles. Pero aquello cesó cuando una pata vino a rozarme
la cara, cuando moviéndome apenas a un lado vi a un
axolotl junto a mí que me miraba, y supe que también
él sabía, sin comunicación posible pero tan claramente.
O yo estaba también en él, o todos nosotros pensábamos
como un hombre, incapaces de expresión, limitados al
resplandor dorado de nuestros ojos que miraban la cara
del hombre pegada al acuario.

Él volvió muchas veces, pero viene menos ahora. Pasa
semanas sin asomarse. Ayer lo vi, me miró largo rato y
se fue bruscamente. Me pareció que no se interesaba
tanto por nosotros, que obedecía a una costumbre. Como
lo único que hago es pensar, pude pensar mucho en él.
Se me ocurre que al principio continuamos comunicados,
que él se sentía más que nunca unido al misterio que lo
obsesionaba. Pero los puentes están cortados entre él y
yo, porque lo que era su obsesión es ahora un axolotl,
ajeno a su vida de hombre. Creo que al principio yo era

capaz de volver en cierto modo a él —ah, sólo en cierto modo— y mantener alerta su deseo de conocernos mejor. Ahora soy definitivamente un axolotl, y si pienso como un hombre es sólo porque todo axolotl piensa como un hombre dentro de su imagen de piedra rosa. Me parece que de todo esto alcancé a comunicarle algo en los primeros días, cuando yo era todavía él. Y en esta soledad final, a la que él ya no vuelve, me consuela pensar que acaso va a escribir sobre nosotros, creyendo imaginar un cuento va a escribir todo esto sobre los axolotl.

LA NOCHE BOCA ARRIBA

*Y salían en ciertas épocas a cazar ene-
migos; le llamaban la guerra florida.*

A mitad del largo zaguán del hotel pensó que debía
ser tarde, y se apuró a salir a la calle y sacar la motocicleta
del rincón donde el portero de al lado le permitía guardarla. En la joyería de la esquina vio que eran las nueve
menos diez; llegaría con tiempo sobrado adonde iba. El
sol se filtraba entre los altos edificios del centro, y él
—porque para sí mismo, para ir pensando, no tenía
nombre— montó en la máquina saboreando el paseo. La
moto ronroneaba entre sus piernas, y un viento fresco
le chicoteaba los pantalones.

Dejó pasar los ministerios (el rosa, el blanco) y la
serie de comercios con brillantes vitrinas de la calle
Central. Ahora entraba en la parte más agradable del
trayecto, el verdadero paseo: una calle larga, bordeada de
árboles, con poco tráfico y amplias villas que dejaban
venir los jardines hasta las aceras, apenas demarcadas por
setos bajos. Quizá algo distraído, pero corriendo sobre la
derecha como correspondía, se dejó llevar por la tersura,
por la leve crispación de ese día apenas empezado. Tal
vez su involuntario relajamiento le impidió prevenir el
accidente. Cuando vio que la mujer parada en la esquina

se lanzaba a la calzada a pesar de las luces verdes, ya era tarde para las soluciones fáciles. Frenó con el pie y la mano, desviándose a la izquierda; oyó el grito de la mujer, y junto con el choque perdió la visión. Fue como dormirse de golpe.

Volvió bruscamente del desmayo. Cuatro o cinco hombres jóvenes lo estaban sacando de debajo de la moto. Sentía gusto a sal y sangre, le dolía una rodilla, y cuando lo alzaron gritó, porque no podía soportar la presión en el brazo derecho. Voces que no parecían pertenecer a las caras suspendidas sobre él, lo alentaban con bromas y seguridades. Su único alivio fue oír la confirmación de que había estado en su derecho al cruzar la esquina. Preguntó por la mujer, tratando de dominar la náusea que le ganaba la garganta. Mientras lo llevaban boca arriba hasta una farmacia próxima, supo que la causante del accidente no tenía más que rasguños en las piernas. "Usté la agarró apenas, pero el golpe le hizo saltar la máquina de costado..." Opiniones, recuerdos, despacio, éntrenlo de espaldas, así va bien, y alguien con guardapolvo dándole a beber un trago que lo alivió en la penumbra de una pequeña farmacia de barrio.

La ambulancia policial llegó a los cinco minutos, y lo subieron a una camilla blanda donde pudo tenderse a gusto. Con toda lucidez, pero sabiendo que estaba bajo los efectos de un shock terrible, dio sus señas al policía que lo acompañaba. El brazo casi no le dolía; de una cortadura en la ceja goteaba sangre por toda la cara. Una o dos veces se lamió los labios para beberla. Se sentía bien, era un accidente, mala suerte; unas semanas quieto y nada más. El vigilante le dijo que la motocicleta no parecía muy estropeada. "Natural", dijo él. "Como que me la ligué encima..." Los dos se rieron, y el vigilante le dio la mano al llegar al hospital y le deseó buena suerte. Ya la náusea volvía poco a poco; mientras lo llevaban en una camilla de ruedas hasta un pabellón del fondo, pasando bajo árboles llenos de pájaros, cerró los ojos y deseó estar dormido o cloroformado. Pero lo tuvieron largo rato en una pieza con olor a hospital, llenando una ficha, quitándole la ropa y vistiéndolo con una camisa grisácea y dura. Le movían cuidadosamente el brazo, sin que le doliera. Las enfermeras bromeaban todo el tiempo, y si no hubiera sido por las contracciones del estómago se habría sentido muy bien, casi contento.

Lo llevaron a la sala de radio, y veinte minutos después, con la placa todavía húmeda puesta sobre el pecho como una lápida negra, pasó a la sala de operaciones. Alguien de blanco, alto y delgado, se le acercó y se puso a mirar la radiografía. Manos de mujer le acomodaban la cabeza, sintió que lo pasaban de una camilla a otra. El hombre de blanco se le acercó otra vez, sonriendo, con algo que le brillaba en la mano derecha. Le palmeó la mejilla e hizo una seña a alguien parado atrás.

Como sueño era curioso porque estaba lleno de olores y él nunca soñaba olores. Primero un olor a pantano, ya que a la izquierda de la calzada empezaban las marismas, los tembladerales de donde no volvía nadie. Pero el olor cesó, y en cambio vino una fragancia compuesta y oscura como la noche en que se movía huyendo de los aztecas.

Y todo era tan natural, tenía que huir de los aztecas que andaban a caza de hombre, y su única probabilidad era la de esconderse en lo más denso de la selva, cuidando de no apartarse de la estrecha calzada que sólo ellos, los motecas, conocían.

Lo que más lo torturaba era el olor, como si aun en la absoluta aceptación del sueño algo se rebelara contra eso que no era habitual, que hasta entonces no había participado del juego. "Huele a guerra", pensó, tocando instintivamente el puñal de piedra atravesado en su ceñidor de lana tejida. Un sonido inesperado lo hizo agacharse y quedar inmóvil, temblando. Tener miedo no era extraño, en sus sueños abundaba el miedo. Esperó, tapado por las ramas de un arbusto y la noche sin estrellas. Muy lejos, probablemente del otro lado del gran lago, debían estar ardiendo fuegos de vivac; un resplandor rojizo teñía esa parte del cielo. El sonido no se repitió. Había sido como una rama quebrada. Tal vez un animal que escapaba como él del olor de la guerra. Se enderezó despacio, venteando. No se oía nada, pero el miedo seguía allí como el olor, ese incienso dulzón de la guerra florida. Había que seguir, llegar al corazón de la selva evitando las ciénagas. A tientas, agachándose a cada instante para tocar el suelo más duro de la calzada, dio algunos pasos. Hubiera querido echar a correr, pero los tembladerales palpitaban a su lado. En el sendero en tinieblas, buscó el rumbo. Entonces sintió una bocanada horrible del olor que más temía, y saltó desesperado hacia adelante.

—Se va a caer de la cama —dijo el enfermo de al lado—. No brinque tanto, amigazo.

Abrió los ojos y era de tarde, con el sol ya bajo en los ventanales de la larga sala. Mientras trataba de sonreír a su vecino, se despegó casi físicamente de la última visión de la pesadilla. El brazo, enyesado, colgaba de un aparato con pesas y poleas. Sintió sed, como si hubiera estado corriendo kilómetros, pero no querían darle mucha agua, apenas para mojarse los labios y hacer un buche. La fiebre lo iba ganando despacio y hubiera podido dormirse otra vez, pero saboreaba el placer de quedarse despierto, entornados los ojos, escuchando el diálogo de los otros enfermos, respondiendo de cuando en cuando a alguna pregunta. Vio llegar un carrito blanco que pusieron al lado de su cama, una enfermera rubia le frotó con alcohol la cara anterior del muslo y le clavó una gruesa aguja conectada con un tubo que subía hasta un frasco lleno de líquido opalino. Un médico joven vino con un aparato de metal y cuero que le ajustó al brazo sano para verificar alguna cosa. Caía la noche, y la fiebre lo iba arrastrando blandamente a un estado donde las cosas tenían un relieve como de gemelos de teatro, eran reales y dulces y a la vez ligeramente repugnantes; como estar viendo una película aburrida y pensar que sin embargo en la calle es peor; y quedarse.

Vino una taza de maravilloso caldo de oro oliendo a puerro, a apio, a perejil. Un trocito de pan, más precioso que todo un banquete, se fue desmigajando poco a poco. El brazo no le dolía nada y solamente en la ceja, donde lo habían suturado, chirriaba a veces una punzada caliente y rápida. Cuando los ventanales de enfrente viraron a manchas de un azul oscuro, pensó que no le iba a ser difícil dormirse. Un poco incómodo, de espaldas, pero al pasarse la lengua por los labios resecos y calientes sintió el sabor del caldo, y suspiró de felicidad, abandonándose.

Primero fue una confusión, un atraer hacia sí todas las sensaciones por un instante embotadas o confundidas. Comprendía que estaba corriendo en plena oscuridad, aunque arriba el cielo cruzado de copas de árboles era menos negro que el resto. "La calzada", pensó. "Me salí de la calzada." Sus pies se hundían en un colchón de hojas y barro, y ya no podía dar un paso sin que las ramas de los arbustos le azotaran el torso y las piernas. Jadeante, sabiéndose acorralado a pesar de la oscuridad y el silencio, se agachó para escuchar. Tal vez la calzada estaba cerca, con la primera luz del día iba a verla otra vez. Nada podía ayudarlo ahora a encontrarla. La mano que sin saberlo él aferraba el mango del puñal, subió como el escorpión de los pantanos hasta su cuello, donde colgaba el amuleto protector. Moviendo apenas los labios musitó la plegaria del maíz que trae las lunas felices, y la súplica a la Muy Alta, a la dispensadora de los bienes motecas. Pero sentía al mismo tiempo que los tobillos se le estaban hundiendo despacio en el barro, y la espera en la oscuridad del chaparral desconocido se le hacía insoportable. La guerra florida había empezado con la luna y llevaba ya tres días y tres noches. Si conseguía refugiarse en lo profundo de la selva, abandonando la calzada más allá de la región de las ciénagas, quizá los guerreros no le siguieran el rastro. Pensó en los muchos prisioneros que ya habrían hecho. Pero la cantidad no contaba, sino el tiempo sagrado. La caza continuaría hasta que los sacerdotes dieran la señal del regreso. Todo tenía su número y su fin, y él estaba dentro del tiempo sagrado, del otro lado de los cazadores.

Oyó los gritos y se enderezó de un salto, puñal en mano. Como si el cielo se incendiara en el horizonte, vio antorchas moviéndose entre las ramas, muy cerca. El olor a guerra era insoportable, y cuando el primer enemigo le saltó al cuello casi sintió placer en hundirle la hoja de piedra en pleno pecho. Ya lo rodeaban las luces, los gritos alegres. Alcanzó a cortar el aire una o dos veces, y entonces una soga lo atrapó desde atrás.

—Es la fiebre —dijo el de la cama de al lado—. A mí me pasaba igual cuando me operé del duodeno. Tome agua y va a ver que duerme bien.

Al lado de la noche de donde volvía, la penumbra tibia de la sala le pareció deliciosa. Una lámpara violeta velaba en lo alto de la pared del fondo como un ojo protector. Se oía toser, respirar fuerte, a veces un diálogo en voz baja. Todo era grato y seguro, sin ese acoso, sin... Pero no quería seguir pensando en la pesadilla. Había tantas cosas en qué entretenerse. Se puso a mirar el yeso del brazo, las poleas que tan cómodamente se lo sostenían en el aire. Le habían puesto una botella de agua mineral en la mesa de noche. Bebió del gollete, golosamente. Distinguía ahora las formas de la sala, las treinta camas, los armarios con vitrinas. Ya no debía tener tanta fiebre, sentía fresca la cara. La ceja le dolía apenas, como un recuerdo. Se vio otra vez saliendo del hotel, sacando la moto. ¿Quién hubiera pensado que la cosa iba a acabar así? Trataba de fijar el momento del accidente, y le dio rabia advertir que había ahí como un hueco, un vacío que no alcanzaba a rellenar. Entre el choque y el momento en que lo habían levantado del suelo, un desmayo o lo que fuera no le dejaba ver nada. Y al mismo tiempo tenía la sensación de que ese hueco, esa nada, había durado una eternidad. No, ni siquiera tiempo, más bien como si en ese hueco él hubiera pasado a través de algo o recorrido distancias inmensas. El choque, el golpe brutal contra el pavimento. De todas maneras al salir del pozo negro había sentido casi un alivio mientras los hombres lo alzaban del suelo. Con el dolor del brazo roto, la sangre de la ceja partida, la contusión en la rodilla; con todo eso, un alivio al volver al día y sentirse sostenido y auxiliado. Y era raro. Le preguntaría alguna vez al médico de la oficina. Ahora volvía a ganarlo el sueño, a tirarlo despacio hacia abajo. La almohada era tan blanda, y en su garganta afiebrada la frescura del agua mineral. Quizá pudiera descansar de veras, sin las malditas pesadillas. La luz violeta de la lámpara en lo alto se iba apagando poco a poco.

Como dormía de espaldas, no lo sorprendió la posición en que volvía a reconocerse, pero en cambio el olor a humedad, a piedra rezumante de filtraciones, le cerró la garganta y lo obligó a comprender. Inútil abrir los ojos y mirar en todas direcciones; lo envolvía una oscuridad absoluta. Quizo enderezarse y sintió las sogas en las muñecas y los tobillos. Estaba estaqueado en el suelo, en un piso de lajas helado y húmedo. El frío le ganaba la espalda desnuda, las piernas. Con el mentón buscó torpemente el contacto con su amuleto, y supo que se lo habían arrancado. Ahora estaba perdido, ninguna plegaria podía salvarlo. del final. Lejanamente, como filtrándose entre las piedras del calabozo, oyó los atabales de la fiesta. Lo habían traído al teocalli, estaba en las mazmorras del templo a la espera de su turno.

Oyó gritar, un grito ronco que rebotaba en las paredes. Otro grito, acabando en un quejido. Era él que gritaba en las tinieblas, gritaba porque estaba vivo, todo su cuerpo se defendía con el grito de lo que iba a venir, del final inevitable. Pensó en sus compañeros que llenarían otras mazmorras, y en los que ascendían ya los peldaños del sacrificio. Gritó de nuevo sofocadamente, casi no podía abrir la boca, tenía las mandíbulas agarrotadas y a la vez como si fueran de goma y se abrieran lentamente, con un esfuerzo interminable. El chirriar de los cerrojos lo sacudió como un látigo. Convulso, retorciéndose, luchó por zafarse de las cuerdas que se le hundían en la carne. Su brazo derecho, el más fuerte, tiraba hasta que el dolor se hizo intolerable y tuvo que ceder. Vio abrirse la doble puerta, y el olor de las antorchas le llegó antes que la luz. Apenas ceñidos con el taparrabos de la ceremonia, los acólitos de los sacerdotes se le acercaron mirándolo con desprecio. Las luces se reflejaban en los torsos sudados, en el pelo negro lleno de plumas. Cedieron las sogas, y en su lugar lo aferraron manos calientes, duras como bronce; se sintió alzado, siempre boca arriba, tironeado por los cuatro acólitos que lo llevaban por el pasadizo. Los portadores de antorchas iban adelante, alumbrando vagamente el corredor de paredes mojadas y techo tan bajo que los acólitos debían agachar la cabeza. Ahora lo llevaban, lo llevaban, era el final. Boca arriba, a un metro del techo de roca viva que por momentos se iluminaba con un reflejo de antorcha. Cuando en vez del techo nacieran las estrellas y se alzara frente a él la escalinata incendiada de gritos y danzas, sería el fin. El pasadizo no acababa nunca, pero ya iba a acabar, de repente olería el aire libre lleno de estrellas, pero todavía no, andaban llevándolo sin fin en la penumbra roja, tironeándolo brutalmente, y él no quería, pero cómo impedirlo si le habían arrancado el amuleto que era su verdadero corazón, el centro de la vida.

Salió de un brinco a la noche del hospital, al alto cielo raso dulce, a la sombra blanda que lo rodeaba. Pensó que debía haber gritado, pero sus vecinos dormían callados. En la mesa de noche, la botella de agua tenía algo de burbuja, de imagen traslúcida contra la sombra azulada de los ventanales. Jadeó, buscando el alivio de los pulmones, el olvido de esas imágenes que seguían pegadas a sus párpados. Cada vez que cerraba los ojos las veía formarse instantáneamente, y se enderezaba aterrado pero gozando a la vez del saber que ahora estaba despierto, que la vigilia lo protegía, que pronto iba a amanecer, con el buen sueño profundo que se tiene a esa hora, sin imágenes, sin nada... Le costaba mantener los ojos abiertos, la modorra era más fuerte que él. Hizo un último esfuerzo, con la mano sana esbozó un gesto hacia la botella de agua; no llegó a tomarla, sus dedos se cerraron en un vacío otra vez negro, y el pasadizo seguía interminable, roca tras roca, con súbitas fulguraciones rojizas, y él boca arriba gimió apagadamente porque el techo iba a acabarse, subía, abriéndose como una boca de sombra, y los acólitos se enderezaban y de la altura una luna menguante le cayó en la cara donde los ojos no querían verla, desesperadamente se cerraban y abrían buscando pasar al otro lado, descubrir de nuevo el cielo raso protector de la sala. Y cada vez que se abrían era la noche y la luna mientras lo subían por la escalinata, ahora con la cabeza colgando hacia abajo, y en lo alto estaban las hogueras, las rojas columnas de humo perfumado, y de golpe vio la piedra roja, brillante de sangre que chorreaba, y el vaivén de los pies del sacrificado que arrastraban para tirarlo rodando por las escalinatas del norte. Con una última esperanza apretó los párpados, gimiendo por despertar. Durante un segundo creyó que lo lograría, porque otra vez estaba inmóvil en la cama, a salvo del balanceo cabeza abajo. Pero olía la muerte, y cuando abrió los ojos vio la figura ensangrentada del sacrificador que venía hacia él con el cuchillo de piedra en la mano. Alcanzó a cerrar otra vez los párpados, aunque ahora sabía que no iba a despertarse, que estaba despierto, que el sueño maravilloso había sido el otro, absurdo como todos los sueños; un sueño en el que había andado por extrañas avenidas de una ciudad asombrosa, con luces verdes y rojas que ardían sin llama ni humo, con un enorme insecto de metal que zumbaba bajo sus piernas. En la mentira infinita de ese sueño también lo habían alzado del suelo, también alguien se le había acercado con un cuchillo en la mano, a él tendido boca arriba, a él boca arriba con los ojos cerrados entre las hogueras.

FINAL DEL JUEGO

Con Leticia y Holanda íbamos a jugar a las vías del Central Argentino los días de calor, esperando que mamá y tía Ruth empezaran su siesta para escaparnos por la puerta blanca. Mamá y tía Ruth estaban siempre cansadas después de lavar la loza, sobre todo cuando Holanda y yo secábamos los platos porque entonces había discusiones, cucharitas por el suelo, frases que sólo nosotras entendíamos, y en general un ambiente en donde el olor a grasa, los maullidos de José y la oscuridad de la cocina acababan en una violentísima pelea y el consiguiente desparramo. Holanda se especializaba en armar esta clase de líos, por ejemplo dejando caer un vaso ya lavado en el tacho del agua sucia, o recordando como al pasar que en la casa de las de Loza había dos sirvientas para todo servicio. Yo usaba otros sistemas, prefería insinuarle a tía Ruth que se le iban a paspar las manos si seguía fregando cacerolas en vez de dedicarse a las copas o los platos, que era precisamente lo que le gustaba lavar a mamá, con lo cual las enfrentaba sordamente en una lucha de ventajeo por la cosa fácil. El recurso heroico, si los consejos y las largas recordaciones familiares empezaban a saturarnos, era volcar agua hirviendo en el lomo del gato. Es una gran mentira eso del gato escaldado, salvo que haya que tomar al pie de la letra la referencia al agua fría; porque de la caliente José no se alejaba nunca, y hasta parecía ofrecerse, pobre animalito, a que le volcáramos media taza de agua a cien grados o poco menos, bastante menos probablemente porque nunca se le caía el pelo. La cosa es que ardía Troya, y en la confusión coronada por el espléndido si bemol de tía Ruth y la carrera de mamá en busca del bastón de los castigos, Holanda y yo nos perdíamos en la galería cubierta, hacia las piezas vacías del fondo donde Leticia nos esperaba leyendo a Ponson du Terrail, lectura inexplicable.

Por lo regular mamá nos perseguía un buen trecho, pero las ganas de rompernos la cabeza se le pasaban con gran rapidez y al final (habíamos trancado la puerta y le pedíamos perdón con emocionantes partes teatrales) se cansaba y se iba, repitiendo la misma frase:

—Acabarán en la calle, estas mal nacidas.

Donde acabábamos era en las vías del Central Argentino, cuando la casa quedaba en silencio y veíamos al gato tenderse bajo el limonero para hacer también él su siesta perfumada y zumbante de avispas. Abríamos despacio la puerta blanca, y al cerrarla otra vez era como un viento, una libertad que nos tomaba de las manos, de todo el cuerpo y nos lanzaba hacia adelante. Entonces corríamos buscando impulso para trepar de un envión al breve talud del ferrocarril, y encaramadas sobre el mundo contemplábamos silenciosas nuestro reino.

Nuestro reino era así: una gran curva de las vías acababa su comba justo frente a los fondos de nuestra casa. No

había más que el balasto, los durmientes y la doble vía;
pasto ralo y estúpido entre los pedazos de adoquín donde
la mica, el cuarzo y el feldespato —que son los compo-
nentes del granito— brillaban como diamantes legítimos
contra el sol de las dos de la tarde. Cuando nos agachá-
bamos a tocar las vías (sin perder tiempo porque hubiera
sido peligroso quedarse mucho ahí, no tanto por los trenes
como por los de casa si nos llegaban a ver) nos subía
a la cara el fuego de las piedras, y al pararnos contra el
viento del río era un calor mojado pegándose a las mejillas
y las orejas. Nos gustaba flexionar las piernas y bajar,
subir, bajar otra vez, entrando en una y otra zona de
calor, estudiándonos las caras para apreciar la transpi-
ración, con lo cual al rato éramos una sopa. Y siempre
calladas, mirando al fondo de las vías, o el río al otro
lado, el pedacito de río color café con leche.

Después de esta primera inspección del reino bajába-
mos el talud y nos metíamos en la mala sombra de los
sauces pegados a la tapia de nuestra casa, donde se abría
la puerta blanca. Ahí estaba la capital del reino, la ciudad
silvestre y la central de nuestro juego. La primera en
iniciar el juego era Leticia, la más feliz de las tres y la
más privilegiada. Leticia no tenía que secar los platos
ni hacer las camas, podía pasarse el día leyendo o pegando
figuritas, y de noche la dejaban quedarse hasta más tarde
si lo pedía, aparte de la pieza solamente para ella, el caldo
de hueso y toda clase de ventajas. Poco a poco se había
ido aprovechando de los privilegios, y desde el verano
anterior dirigía el juego, yo creo que en realidad dirigía
el reino; por lo menos se adelantaba a decir las cosas y

Holanda y yo aceptábamos sin protestar, casi contentas. Es probable que las largas conferencias de mamá sobre cómo debíamos portarnos con Leticia hubieran hecho su efecto, o simplemente que la queríamos bastante y no nos molestaba que fuese la jefa. Lástima que no tenía aspecto para jefa, era la más baja de las tres, y tan flaca. Holanda era flaca, y yo nunca pesé más de cincuenta kilos, pero Leticia era la más flaca de las tres, y para peor una de esas flacuras que se ven de fuera, en el pescuezo y las orejas. Tal vez el endurecimiento de la espalda la hacía parecer más flaca, como casi no podía mover la cabeza a los lados daba la impresión de una tabla de planchar parada, de esas forradas de género blanco como había en casa de las de Loza. Una tabla de planchar con la parte más ancha para arriba, parada contra la pared. Y nos dirigía.

La satisfacción más profunda era imaginarme que mamá o tía Ruth se enteraran un día del juego. Si llegaban a enterarse del juego se iba a armar una meresunda increíble. El si bemol y los desmayos, las inmensas protestas de devoción y sacrificio malamente recompensados, el amontonamiento de invocaciones a los castigos más célebres, para rematar con el anuncio de nuestros destinos, que consistían en que las tres terminaríamos en la calle. Esto último siempre nos había dejado perplejas, porque terminar en la calle nos parecía bastante normal.

Primero Leticia nos sorteaba. Usábamos piedritas escondidas en la mano, contar hasta veintiuno, cualquier sistema. Si usábamos el de contar hasta veintiuno, imaginábamos dos o tres chicas más y las incluíamos en la

cuenta para evitar trampas. Si una de ellas salía veintiuna,
la sacábamos del grupo y sorteábamos de nuevo, hasta
que nos tocaba a una de nosotras. Entonces Holanda y
yo levantábamos la piedra y abríamos la caja de los
ornamentos. Suponiendo que Holanda hubiese ganado,
Leticia y yo escogíamos los ornamentos. El juego marcaba
dos formas: estatuas y actitudes. Las actitudes no reque-
rían ornamentos pero sí mucha expresividad, para la
envidia mostrar los dientes, crispar las manos, arreglár-
selas de modo de tener un aire amarillo. Para la caridad
el ideal era un rostro angélico, con los ojos vueltos al
cielo, mientras las manos ofrecían algo —un trapo, una
pelota, una rama de sauce— a un pobre huerfanito invisible. La vergüenza y el miedo eran fáciles de hacer; el
rencor y los celos exigían estudios más detenidos. Los
ornamentos se destinaban casi todos a las estatuas, donde
reinaba una libertad absoluta. Para que una estatua resul-
tara, había que pensar bien cada detalle de la indumen-
taria. El juego marcaba que la elegida no podía tomar
parte en la selección; las dos restantes debatían el asunto
y aplicaban luego los ornamentos. La elegida debía inven-
tar su estatua aprovechando lo que le habían puesto, y
el juego era así mucho más complicado y excitante porque a veces había alianzas contra, y la víctima se veía
ataviada con ornamentos que no le iban para nada; de
su viveza dependía entonces que inventara una buena
estatua. Por lo general cuando el juego marcaba actitudes
la elegida salía bien parada pero hubo veces en que las
estatuas fueron fracasos horribles.

Lo que cuento empezó vaya a saber cuándo, pero las

cosas cambiaron el día en que el primer papelito cayó del tren. Por supuesto que las actitudes y las estatuas no eran para nosotras mismas, porque nos hubiéramos cansado en seguida. El juego marcaba que la elegida debía colocarse al pie del talud, saliendo de la sombra de los sauces, y esperar el tren de las dos y ocho que venía del Tigre. A esa altura de Palermo los trenes pasan bastante rápido, y no nos daba vergüenza hacer la estatua o la actitud. Casi no veíamos a la gente de las ventanillas, pero con el tiempo llegamos a tener práctica y sabíamos que algunos pasajeros esperaban vernos. Un señor de pelo blanco y anteojos de carey sacaba la cabeza por la ventanilla y saludaba a la estatua o la actitud con el pañuelo. Los chicos que volvían del colegio sentados en los estribos gritaban cosas al pasar, pero algunos se quedaban serios mirándonos. En realidad la estatua o la actitud no veía nada, por el esfuerzo de mantenerse inmóvil, pero las otras dos bajo los sauces analizaban con gran detalle el buen éxito o la indiferencia producidos. Fue un martes cuando cayó el papelito, al pasar el segundo coche. Cayó muy cerca de Holanda, que ese día era la maledicencia, y rebotó hasta mí. Era un papelito muy doblado y sujeto a una tuerca. Con letra de varón y bastante mala, decía: "Muy lindas las estatuas. Viajo en la tercera ventanilla del segundo coche. Ariel B." Nos pareció un poco seco, con todo ese trabajo de atarle la tuerca y tirarlo, pero nos encantó. Sorteamos para saber quién se lo quedaría, y me lo gané. Al otro día ninguna quería jugar para poder ver cómo era Ariel B., pero temimos que interpretara mal nuestra interrupción, de manera que sorteamos y ganó Leticia. Nos alegramos mucho con Holanda porque Leticia era muy buena como estatua, pobre criatura. La parálisis no se notaba estando quieta, y ella era capaz de gestos de una enorme nobleza. Como actitudes elegía siempre la generosidad, la piedad, el sacrificio y el renunciamiento. Como estatuas buscaba el estilo de la Venus de la sala que tía Ruth llamaba la Venus del Nilo. Por eso le elegimos ornamentos especiales para que Ariel se llevara una buena impresión. Le pusimos un pedazo de terciopelo verde a manera de túnica, y una corona de sauce en el pelo. Como andábamos de manga corta, el efecto griego era grande. Leticia se ensayó un rato a la sombra, y decidimos que nosotras nos asomaríamos también y saludaríamos a Ariel con discreción pero muy amables.

Leticia estuvo magnífica, no se le movía ni un dedo cuando llegó el tren. Como no podía girar la cabeza la echaba para atrás, juntando los brazos al cuerpo casi como si le faltaran; aparte el verde de la túnica, era como mirar la Venus del Nilo. En la tercera ventanilla vimos a un muchacho de rulos rubios y ojos claros que nos hizo una gran sonrisa al descubrir que Holanda y yo lo saludábamos. El tren se lo llevó en un segundo, pero eran las cuatro y media y todavía discutíamos si vestía de oscuro, si llevaba corbata roja y si era odioso o simpático. El jueves yo hice la actitud del desaliento, y recibimos otro papelito que decía: "Las tres me gustan mucho. Ariel." Ahora él sacaba la cabeza y un brazo por la ventanilla y nos saludaba riendo. Le calculamos dieciocho años (seguras de que no tenía más de dieciséis) y convi-

nimos en que volvía diariamente de algún colegio inglés.
Lo más seguro de todo era el colegio inglés, no podíamos
aceptar un incorporado cualquiera. Se vería que Ariel
era muy bien.

Pasó que Holanda tuvo la suerte increíble de ganar
tres días seguidos. Superándose, hizo las actitudes del
desengaño y el latrocinio, y una estatua dificilísima de
bailarina, sosteniéndose en un pie desde que el tren entró
en la curva. Al otro día gané yo, y después de nuevo;
cuando estaba haciendo la actitud del horror, recibí casi
en la nariz un papelito de Ariel que al principio no en-
tendimos: "La más linda es la más haragana." Leticia
fue la última en darse cuenta, la vimos que se ponía
colorada y se iba a un lado, y Holanda y yo nos miramos
con un poco de rabia. Lo primero que se nos ocurrió
sentenciar fue que Ariel era un idiota, pero no podíamos
decirle eso a Leticia, pobre ángel, con su sensibilidad y
la cruz que llevaba encima. Ella no dijo nada, pero
pareció entender que el papelito era suyo y se lo guardó.
Ese día volvimos bastante calladas a casa, y por la noche
no jugamos juntas. En la mesa Leticia estuvo muy alegre,
le brillaban los ojos, y mamá miró una o dos veces a
tía Ruth como poniéndola de testigo de su propia alegría.
En aquellos días estaban ensayando un nuevo tratamiento
fortificante para Leticia, y por lo visto era una maravilla
lo bien que le sentaba.

Antes de dormirnos, Holanda y yo hablamos del
asunto. No nos molestaba el papelito de Ariel, desde un
tren andando las cosas se ven como se ven, pero nos
parecía que Leticia se estaba aprovechando demasiado

de su ventaja sobre nosotras. Sabía que no le íbamos a decir nada, y que en una casa donde hay alguien con algún defecto físico y mucho orgullo, todos juegan a ignorarlo empezando por el enfermo, o más bien se hacen los que no saben que el otro sabe. Pero tampoco había que exagerar y la forma en qué Leticia se había portado en la mesa, o su manera de guardarse el papelito, era demasiado. Esa noche yo volví a soñar mis pesadillas con trenes, anduve de madrugada por enormes playas ferroviarias cubiertas de vías llenas de empalmes, viendo a distancia las luces rojas de locomotoras que venían, calculando con angustia si el tren pasaría a mi izquierda, y a la vez amenazada por la posible llegada de un rápido a mi espalda o —lo que era peor— que a último momento uno de los trenes tomara uno de los desvíos y se me viniera encima. Pero de mañana me olvidé porque Leticia amaneció muy dolorida y tuvimos que ayudarla a vestirse. Nos pareció que estaba un poco arrepentida de lo de ayer y fuimos muy buenas con ella, diciéndole que esto le pasaba por andar demasiado, y que tal vez lo mejor sería que se quedara leyendo en su cuarto. Ella no dijo nada pero vino a almorzar a la mesa, y a las preguntas de mamá contestó que ya estaba muy bien y que casi no le dolía la espalda. Se lo decía y nos miraba.

Esa tarde gané yo, pero en ese momento me vino un no sé qué y le dije a Leticia que le dejaba mi lugar, claro que sin darle a entender por qué. Ya que el otro la prefería, que la mirara hasta cansarse. Como el juego marcaba estatua, le elegimos cosas sencillas para no complicarle la vida, y ella inventó una especie de princesa china, con aire vergonzoso, mirando al suelo y juntando las manos como hacen las princesas chinas. Cuando pasó el tren, Holanda se puso de espaldas bajo los sauces pero yo miré y vi que Ariel no tenía ojos más que para Leticia. La siguió mirando hasta que el tren se perdió en la curva, y Leticia estaba inmóvil y no sabía que él acababa de mirarla así. Pero cuando vino a descansar bajo los sauces vimos que sí sabía, y que le hubiera gustado seguir con los ornamentos toda la tarde, toda la noche.

El miércoles sorteamos entre Holanda y yo porque Leticia nos dijo que era justo que ella se saliera. Ganó Holanda con su suerte maldita, pero la carta de Ariel cayó de mi lado. Cuando la levanté tuve el impulso de dársela a Leticia que no decía nada, pero pensé que tampoco era cosa de complacerle todos los gustos, y la abrí despacio. Ariel anunciaba que al otro día iba a bajarse en la estación vecina y que vendría por el terraplén para charlar un rato. Todo estaba terriblemente escrito, pero la frase final era hermosa: "Saludo a las tres estatuas muy atentamente." La firma parecía un garabato aunque se notaba la personalidad.

Mientras le quitábamos los ornamentos a Holanda, Leticia me miró una o dos veces. Yo les había leído el mensaje y nadie hizo comentarios, lo que resultaba molesto porque al fin y al cabo Ariel iba a venir y había que pensar en esa novedad y decidir algo. Si en casa se enteraban, o por desgracia a alguna de las de Loza le daba por espiarnos, con lo envidiosas que eran esas enanas, seguro que se iba a armar la meresunda. Además que era muy raro quedarnos calladas con una cosa así, sin mirarnos casi mientras guardábamos los ornamentos y volvíamos por la puerta blanca.

Tía Ruth nos pidió a Holanda y a mí que bañáramos a José, se llevó a Leticia para hacerle el tratamiento, y por fin pudimos desahogarnos tranquilas. Nos parecía maravilloso que viniera Ariel, nunca habíamos tenido un amigo así, a nuestro primo Tito no lo contábamos, un tilingo que juntaba figuritas y creía en la primera comunión. Estábamos nerviosísimas con la expectativa y José pagó el pato, pobre ángel. Holanda fue más valiente y sacó el tema de Leticia. Yo no sabía qué pensar, de un lado me parecía horrible que Ariel se enterara, pero también era justo que las cosas se aclararan porque nadie tiene por qué perjudicarse a causa de otro. Lo que yo hubiera querido es que Leticia no sufriera, bastante cruz tenía encima y ahora con el nuevo tratamiento y tantas cosas.

A la noche mamá se extrañó de vernos tan calladas y dijo qué milagro, si nos habían comido la lengua los ratones, después miró a tía Ruth y las dos pensaron seguro que habíamos hecho alguna gorda y que nos remordía la conciencia. Leticia comió muy poco y dijo que estaba dolorida, que la dejaran ir a su cuarto a leer Rocambole. Holanda le dio el brazo aunque ella no quería mucho, y yo me puse a tejer, que es una cosa que me viene cuando estoy nerviosa. Dos veces pensé ir al cuarto de Leticia, no me explicaba qué hacían esas dos ahí solas, pero Holanda volvió con aire de gran importancia y se quedó a mi lado sin hablar hasta que mamá y tía Ruth levantaron la mesa. "Ella no va a ir mañana.

Escribió una carta y dijo que si él pregunta mucho, que se la demos." Entornando el bolsillo de la blusa me hizo ver un sobre violeta. Después nos llamaron para secar los platos, y esa noche nos dormimos casi en seguida por todas las emociones y el cansancio de bañar a José.

Al otro día me tocó a mí salir de compras al mercado y en toda la mañana no vi a Leticia que seguía en su cuarto. Antes que llamaran a la mesa entré un momento y la encontré al lado de la ventana, con muchas almohadas y el tomo noveno de Rocambole. Se veía que estaba mal, pero se puso a reír y me contó de una abeja que no encontraba la salida y de un sueño cómico que había tenido. Yo le dije que era una lástima que no fuera a venir a los sauces, pero me parecía tan difícil decírselo bien. "Si querés podemos explicarle a Ariel que estabas descompuesta", le propuse, pero ella decía que no y se quedaba callada. Yo insistí un poco en que viniera, y al final me animé y le dije que no tuviese miedo, poniéndole como ejemplo que el verdadero cariño no conoce barreras y otras ideas preciosas que habíamos aprendido en *El Tesoro de la Juventud*, pero era cada vez más difícil decirle nada porque ella miraba la ventana y parecía como si fuera a ponerse a llorar. Al final me fui diciendo que mamá me precisaba. El almuerzo duró días, y Holanda se ganó un sopapo de tía Ruth por salpicar el mantel con tuco. Ni me acuerdo de cómo secamos los platos, de repente estábamos en los sauces y las dos nos abrazábamos llenas de felicidad y nada celosas una de otra. Holanda me explicó todo lo que teníamos que decir sobre nuestros estudios para que Ariel se llevara una buena impresión,

porque los del secundario desprecian a las chicas que no
han hecho más que la primaria y solamente estudian corte
y repujado al aceite. Cuando pasó el tren de las dos y ocho
Ariel sacó los brazos con entusiasmo, y con nuestros pañuelos estampados le hicimos señas de bienvenida. Unos
veinte minutos después lo vimos llegar por el terraplén,
y era más alto de lo que pensábamos y todo de gris.

Bien no me acuerdo de lo que hablamos al principio,
él era bastante tímido a pesar de haber venido y los pape-
litos, y decía cosas muy pensadas. Casi en seguida nos
elogió mucho las estatuas y las actitudes y preguntó cómo
nos llamábamos y por qué faltaba la tercera. Holanda
explicó que Leticia no había podido venir, y él dijo que
era una lástima y que Leticia le parecía un nombre precioso. Después nos contó cosas del Industrial, que por
desgracia no era un colegio inglés, y quiso saber si le
mostraríamos los ornamentos. Holanda levantó la piedra
y le hicimos ver las cosas. A él parecían interesarle mucho,
y varias veces tomó alguno de los ornamentos y dijo:
"Este lo llevaba Leticia un día", o: "Este fue para la estatua oriental", con lo que quería decir la princesa china.
Nos sentamos a la sombra de un sauce y él estaba contento pero distraído, se veía que sólo se quedaba de bien
educado. Holanda me miró dos o tres veces cuando la
conversación decaía, y eso nos hizo mucho mal a las dos,
nos dio deseos de irnos o que Ariel no hubiese venido
nunca. Él preguntó otra vez si Leticia estaba enferma, y
Holanda me miró y yo creí que iba a decirle, pero en
cambio contestó que Leticia no había podido venir. Con
una ramita Ariel dibujaba cuerpos geométricos en la

tierra, y de cuando en cuando miraba la puerta blanca
y nosotras sabíamos lo que estaba pensando, por eso
Holanda hizo bien en sacar el sobre violeta y alcanzárselo,
y él se quedó sorprendido con el sobre en la mano,
después se puso muy colorado mientras le explicábamos
que eso se lo mandaba Leticia, y se guardó la carta en
el bolsillo de adentro del saco sin querer leerla delante
de nosotras. Casi en seguida dijo que había tenido un gran
placer y que estaba encantado de haber venido, pero su
mano era blanda y antipática de modo que fue mejor que
la visita se acabara, aunque más tarde no hicimos más
que pensar en sus ojos grises y en esa manera triste que
tenía de sonreír. También nos acordamos de cómo se
había despedido diciendo: "Hasta siempre", una forma
que nunca habíamos oído en casa y que nos pareció tan
divina y poética. Todo se lo contamos a Leticia que nos
estaba esperando debajo del limonero del patio, y yo
hubiese querido preguntarle qué decía su carta pero me
dio no sé qué porque ella había cerrado el sobre antes de
confiárselo a Holanda, así que no le dije nada y solamente
le contamos cómo era Ariel y cuantas veces había pre-
guntado por ella. Esto no era nada fácil de decírselo
porque era una cosa linda y mala a la vez, nos dábamos
cuenta que Leticia se sentía muy feliz y al mismo tiempo
estaba casi llorando, hasta que nos fuimos diciendo que
tía Ruth nos precisaba y la dejamos mirando las avispas
del limonero.

Cuando íbamos a dormirnos esa noche, Holanda me
dijo: "Vas a ver que desde mañana se acaba el juego."
Pero se equivocaba aunque no por mucho, y al otro día

Leticia nos hizo la seña convenida en el momento del postre. Nos fuimos a lavar la loza bastante asombradas y con un poco de rabia, porque eso era una desvergüenza de Leticia y no estaba bien. Ella nos esperaba en la puerta y casi nos morimos de miedo cuando al llegar a los sauces vimos que sacaba del bolsillo el collar de perlas de mamá y todos los anillos, hasta el grande con rubí de tía Ruth. Si las de Loza espiaban y nos veían con las alhajas, seguro que mamá iba a saberlo en seguida y que nos mataría, enanas asquerosas. Pero Leticia no estaba asustada y dijo que si algo sucedía ella era la única responsable. "Quisiera que me dejaran hoy a mí", agregó sin mirarnos. Nosotras sacamos en seguida los ornamentos, de golpe queríamos ser tan buenas con Leticia, darle todos los gustos y eso que en el fondo nos quedaba un poco de encono. Como el juego marcaba estatua, le elegimos cosas preciosas que iban bien con las alhajas, muchas plumas de pavorreal para sujetar en el pelo, una piel que de lejos parecía un zorro plateado, y un velo rosa que ella se puso como un turbante. La vimos que pensaba, ensayando la estatua pero sin moverse, y cuando el tren apareció en la curva fue a ponerse al pie del talud con todas las alhajas que brillaban al sol. Levantó los brazos como si en vez de una estatua fuera a hacer una actitud, y con las manos señaló el cielo mientras echaba la cabeza hacia atrás (que era lo único que podía hacer, pobre) y doblaba el cuerpo hasta darnos miedo. Nos pareció maravillosa, la estatua más regia que había hecho nunca, y entonces vimos a Ariel que la miraba, salido de la ventanilla la miraba solamente a ella, girando la cabeza y mirándola sin vernos a nosotras hasta que el tren se lo llevó de golpe. No sé por qué las dos corrimos al mismo tiempo a sostener a Leticia que estaba con los ojos cerrados y grandes lagrimones por toda la cara. Nos rechazó sin enojo, pero la ayudamos a esconder las alhajas en el bolsillo, y se fue sola a casa mientras guardábamos por última vez los ornamentos en su caja. Casi sabíamos lo que iba a suceder, pero lo mismo al otro día fuimos las dos a los sauces, después que tía Ruth nos exigió silencio absoluto para no molestar a Leticia que estaba dolorida y quería dormir. Cuando llegó el tren vimos sin ninguna sorpresa la tercera ventanilla vacía, y mientras nos sonreíamos entre aliviadas y furiosas, imaginamos a Ariel viajando del otro lado del coche, quieto en su asiento, mirando hacia el río con sus ojos grises.

NOTA DEL AUTOR

A los nueve relatos publicados en 1956 * se agregan en este volumen otros tantos escritos entre 1945 y 1962. Si cronológicamente la mayoría se sitúa entre *Bestiario* y *Las armas secretas*, los otros son posteriores a *Los premios* e incluso a *Rayuela*, lo que podría llevar a suponer que desandan penitencialmente un itinerario que tanto ha consternado a algunos críticos. Maurice Blanchot ha demostrado que el tiempo calendario poco tiene que ver con el tiempo del laboratorio central; fatuo sería el escritor que creyera haber dejado definitivamente atrás una etapa de su obra. En cualquier página futura puede estar esperándonos una nueva página pasada, como si algo hubiera quedado por decir del ciclo que creíamos anterior, o como si después de haber tirado todas las corbatas viejas para complacer a nuestra amante esposa, el día de las bodas de plata descubriéramos que nos hemos puesto, horror, la corbata con pintitas obsequiada por aquella novia que después no se casó con nosotros.

* "Los Presentes", México D.F.

ÍNDICE

I

II

III

SE TERMINÓ DE IMPRIMIR EN OFFSET
EL DÍA DOCE DE AGOSTO DEL AÑO
MIL NOVECIENTOS SESENTA Y OCHO
EN LOS TALLERES GRÁFICOS DE LA COM-
PAÑÍA IMPRESORA ARGENTINA, S. A.,
CALLE ALSINA 2049 - BUENOS AIRES.